おれは一万石

西国の宝船

千野隆司

双葉文庫

目次

那珂湊
高浜
秋津河岸
霞ヶ浦
北浦
鹿島灘
利根川
小浮村
高岡藩
高岡藩陣屋
飯貝根
酒々井宿
銚子
外川
東金

↑白沢・柳林・阿久津河岸へ
久保田河岸
▲筑波山
下妻藩
鯉川
小貝川
関宿
鬼怒川
牛久
粕壁
野田
取手
柏
流山
三郷
木颪
川口
松戸
白井
江戸川
鎌ヶ谷
萩原村
隅田川
江戸城
行徳
印旛沼
日本橋行徳
新川
小名木川

おもな登場人物

井上正紀……下総高岡藩井上家当主。
竹腰睦群……美濃今尾藩藩主。正紀の実兄。
山野辺蔵之助……北町奉行所高積見廻り与力で正紀の親友。
植村仁助……正紀の供侍。今尾藩から高岡藩に移籍。
井上正国……高岡藩先代藩主。尾張藩藩主・徳川宗睦の実弟。
京……正国の娘。正紀の妻。
佐名木源三郎……高岡藩江戸家老。
佐名木源之助……佐名木の嫡男。
井尻又十郎……高岡藩勘定頭。
青山太平……高岡藩徒士頭。
高坂市之助……仇討ちを遂げ、帰参した高岡藩士。
松平定信……陸奥白河藩藩主。老中首座。
徳川宗睦……尾張徳川家当主。正紀の伯父。
滝川……大奥御年寄。

おれは一万石

西国の宝船

前章　初仕事

一

桜の花もすっかり散って、鮮やかな青葉が庭を覆うようになった。糸《いと》くり草《そう》が紫の花を咲かせて、穏やかな晩春の風に揺れていた。

空を見上げると、細い筋状の巻雲が浮いている。その下で、数羽の頬白《ほおじろ》がチッチチロロと鳴きながら飛び去っていった。

庭に面した大広間際の廊下を、老若《ろうにゃく》の藩士たちが足音を立てて歩いてくる。どの顔にもそれなりの緊張があり、その中に不安や期待、怖れといったものが交じっていた。

井上正紀《いのうえまさのり》は、中庭を挟んだ離れた場所から、その様子を見ていた。

寛政《かんせい》三年（一七九一）三月二十日、二日続けて降った雨が止《や》んで晴天となった朝だった。吹き抜ける澄んだ風が心地よい。

去る三月七日、正紀は先代藩主だった正国《まさくに》の跡を継いで、下総高岡《しもうさたかおか》藩一万石井上家の当主となった。すでに将軍家斉《いえなり》公との拝謁《はいえつ》も済ませた。藩主としての暮らしが、始まっていた。

天明《てんめい》の大飢饉《だいききん》を経《へ》て、高岡藩の財政は逼迫《ひっぱく》している。

婿に入った五年前、藩は領地に接する利根《とね》川の護岸工事のための二千本の杭を調達することもできなかった。藩士から禄米二割の借り上げをしても、焼け石に水だった。

正紀は高岡河岸《かし》に納屋《なや》を作り、利根川の水上輸送の中継点として活性化させることを試みた。それはある程度功を奏したが、まだまだ苦しい藩財政を潤《うるお》すまでにはいかなかった。

正国の参勤交代の費《つい》えを捻出《ねんしゅつ》するのでさえ、大奥御年寄滝川《おとしよりたきがわ》の拝領町屋敷の管理をすることで実入りを得て、どうにか行うことができた。

藩士領民は苦しんでいる。

「どうにかしたい」

というのが、正紀の願いだった。新たな治世を進めるにあたって、人心を一新し、藩の財政改革を行わなくてはならない。そのために藩主就任以来、江戸《えど》家老の佐名木《さなき》源三郎《げんざぶろう》や国許《くにもと》の中老河島一郎太《かわしまいちろうた》に諮《はか》って、適材を適所に異動する案を練ってきた。

今日はその結果を伝えるために、江戸藩邸の士分の者を、大広間に集めたのだった。国許も含めて、異動のあった者について、名と新たな役目を伝える。

一同が、序列の順に座に着いた。声高に話す者はいないが、何かを小声で言い合う者は少なからずいた。どのような人事になるか、関心のない者はいない。

一同が揃ったところで、正紀は隣室に移った。藩士たちの話し声が、聞こえてきた。

「どのようなお役に就くのか、楽しみだぞ」

「減俸《げんぽう》の上、日の当たらぬお役目となると、得心がゆかぬ」

「あやつは、どうなるのか」

他人の処遇を気にする者もいた。

正紀が藩主に就くにあたっては、親正紀派と反正紀派に分かれ藩内は揺れた。高岡藩井上家は、遠江浜松《とおとうみはままつ》藩六万石井上家の分家で、分家はもう一家常陸下妻《ひたちしもつま》藩一万石の井上家があった。その浜松藩江戸家老浦川文太夫《うらかわぶんだゆう》と下妻藩の先代藩主井上正棠《まさき》は、正紀の藩主就任を妨げようとした。

正紀は美濃《みの》国今尾《いまお》藩三万石の竹腰《たけのこし》家の次男に生まれた。

今尾藩は尾張徳川家《おわりとくがわ》の付家老《つけがろう》を務める家柄で、父勝起《かつおき》は尾張藩八代藩主宗勝《むねかつ》の八男だった。そして高岡藩井上家の当主正国は、宗勝の十男で井上家に婿入りした。正国には男児がなく、正紀は正国の娘京《きょう》と祝言《しゅうげん》を挙げて井上家分家の世子《せいし》となった。正紀が高岡藩主となると、二代続けて尾張徳川家の血を引く者が当主となることになる。御三家筆頭尾張徳川家の傘に入ることを喜ぶ者は多かったが、今では井上一門というよりも、高岡藩井上家は尾張一門と見られることが多くなった。

当然本家浜松藩や同じ分家の下妻藩の藩士の中には、それを面白くないとする者も昔からいた。尾張の息が、藩政にかかってくるからだ。

「何事につけ押し付けられるのは、いい迷惑だ」

と考える者たちである。

その一派の中心となっていたのが、浜松藩江戸家老の浦川文太夫と下妻藩先代藩主の井上正棠だった。

高岡藩内は、浦川や正棠と手を組んだ国家老児島丙左衛門《こじまへいざえもん》によって、親正紀派と反正紀派に分断された。正紀廃嫡を目指して、反正紀派の藩士は連判状を拵《こしら》えて結束した。

けれども結果としては、反対勢力の策略を押しのけ、正紀は高岡藩の藩主の座に就いた。表に出なかった浦川はそのままだったが、正棠は江戸から国許の下妻へ幽閉同然の状況で移された。

一部には、この度の高岡藩の役替えでは、報復人事が行われるのではないかと噂《うわさ》をする者もいた。しかし正紀は、どちらに与《くみ》した者でも、適任であれば抜擢《ばってき》しようという気持ちだった。反正紀派であっても、それは高岡藩への忠誠心とは別物だ。

藩財政を立て直そうという気概があれば、それでよしとした。

「一同が、揃いましてございます」

近習《きんじゅう》から声がかかって、正紀と佐名木は、大広間に入り一段高い藩主の座に着いた。藩士一同はそれで平伏した。

「面《おもて》を上げよ」

正紀が声を上げると、藩士たちは顔を上げた。伏し目がちな者もいるが、怯《ひる》まずに正紀に目を向けてくる者もいる。伏し目がちなのは反正紀派だった者だが、それは気にしない。

「これを機に、それぞれの役目を尽くすがよい」

「ははっ」

声が揃った。

ここで佐名木が、手に持って来た三方《さんぽう》を捧げた。これには巻紙が載っている。今から伝える新たな役目の者を記したものだった。

一同は息を呑んだ。

「これより、新たなお役目を伝える。名を呼ばれなかった者は、そのままであると心得よ」

告げられる内容は命令だ。否応《いやおう》はなく、意見を述べることもできない。

佐名木は巻いたままの紙を一度捧げると、端から広げた。小さな咳払いをして、声を上げた。

「国家老、河島一郎太」

真っ先に読み上げたのが、これだった。

河島は中老からの昇進である。井上家譜代の臣で、家老になれる家柄だった。これまでこの役目にあった児島丙左衛門は万事において事なかれをよしとし、大事に際しても何もできずに過ごしてしまうような者だった。高岡藩で一揆が起こったのは、この者が適切な対応を取らなかったからだ。

世子だった正紀と河島が、対処に当たった。また代替わりにあたっても、浦川や正棠の口車に乗って反正紀派の者を集め、藩士の分断を図る役割をなした。これは誰もが知るところで、意外に思う気配の者はいなかった。

しかし丙左衛門も、こうなることは察していたらしく、正紀が当主と決まって間もないうちに隠居の届《とどけ》を出していた。

事実上の失脚である。児島家は、嫡子の丙之助《へいのすけ》が継いだ。

次に呼ばれたのは、藩の金穀《きんこく》を扱う元締め役で、これは勘定奉行からの異動だった。

ここで佐名木の名が呼ばれないということは、江戸家老の留任だと言われなくても誰もが分かる。

「続いて児島丙之助」

二人の名が呼ばれた後で、その名が出た。一同は、「ほう」という顔をした。丙之助がどのような役に就くか、誰もが関心を持っていたのに違いなかった。

「陣屋番頭《じんやばんがしら》を命ずる」

聞いて「ああ」と声を漏らした者がいた。けれどもそれは、驚いたという類《たぐい》のものではなかった。

この役は国許の陣屋の守備責任者だが、太平の世では敵が襲ってくるなどありえない。平時では、極めつけの閑職といってよかった。

そもそも丙之助はなかなかの切れ者で、いつかは家老職に就くだろうといわれていた。そういう家柄でもあった。しかし傲慢な一面もあって、人望があるとはいえなかった。

当然だという表情の者が多かった。当人は国許でこの場にいないのを幸いに、いい気味だと口先で嗤《わら》った者もあった。

「江戸詰め武具奉行、竹中兵吾《たけなかへいご》」

これは本人はもちろん、周囲の者も驚きを見せた。これまで竹中は用人で、親正紀派だった。

元締め役や勘定奉行になってもおかしくない。しかしこの者は自惚《うぬぼ》れが強く、己の不始末を認めず、配下の者に押し付けるという癖《へき》があった。佐名木や河島は、まったく評価していなかった。

「武具奉行も閑職だが、仕方がなかろう」

という判断だ。

佐名木家の嫡子源之助《げんのすけ》は部屋住《へやず》みだったが、近習見習いとなった。今尾藩から正紀と共に高岡藩に移った植村仁助《うえむらにすけ》は、世子供番から近習になった。役が上がった者には、お役手当てがあるから、実質加増になる。植村は禄三十五俵から三十六俵になった。

植村は正紀廃嫡の一件の折に大怪我をしたが、今ではほとんど快復をしていた。神妙に、言葉を聞いている。

　三十年かけて仇討《あだう》ちを果たした高坂市之助《こうさかいちのすけ》は、藩に帰参した後は伝令役を務めていたが、旅慣れている点を考慮して、引き続き江戸と国許を行き来する使番《つかいばん》を務めることになった。わずかだが、禄も上がった。

「当家の財政逼迫は、その方らも承知のことであろう。その補いのために高岡河岸の利用を図ってきたが、さらに充実させることが殿のご方針である」

　佐名木が告げた。これはすでに藩士たちも分かっている。次は何を言うのかと、耳を澄ました。

「そこでだ。高岡河岸をさらに栄えさせるために、廻漕河岸場方《かいそうかしばかた》を新たに設けることとした」

　これには、何人かの者が目を輝かせた。正紀の直属で、藩の実入りを増やすための部署だと分かるからだ。

「その奉行を、青山太平《あおやまたへい》に命じる」

　青山はこれまで徒士頭《かちがしら》で、正紀と共に高岡河岸の活性化に尽力してきた。

「その奉行助役《すけやく》には、杉尾善兵衛《すぎおぜんべえ》を充てる」

「おおっ」

初めて、声が上がった。一同の顔に驚きの色が浮かんでいた。杉尾は国許の蔵奉行下役で、もともと日の当たらない部署だった。これは明らかに栄転といっていい。しかし一同が驚いたわけは、杉尾が反正紀派の立場を取ってきていたからである。

「前のことは問わぬ」

と告げていたが、これはありえない人事だと、多くの者が感じたわけだった。我こそはと思っていた親正紀派の者は、肩透《かたす》かしを食ったことになる。

しかしこれは、無謀な人事ではなかった。蔵奉行は年貢米の管理だけでなく、米を問屋に売るにあたって、売値の交渉をする実務者という役割も担《にな》っていた。米一俵の売値が少しでも高くなれば、藩としては助かる。反正紀派であったとしても、商人《あきんど》との交渉力に優れている点を買っての抜擢だった。

「廻漕差配役は、橋本利之助《はしもとりのすけ》とする」

橋本はこれまで、高岡河岸の番人である河岸場掛《かしばがかり》だった。河岸場の運営を邪魔しようとする者の仕業《しわざ》で、兄を殺されている。下士ではあるが、河岸場には愛着を持っている者だった。

親正紀派であっても、反正紀派であっても、名を呼ばれなかった者は少なくない。反正紀派に与した江戸の勘定頭《かんじようがしら》井尻又十郎《いじりまたじゆうろう》には、役替えの沙汰《さた》はなかった。勘定頭の役目を遂行するにあたっては、見事といっていい誠実さと頑固さがあったからだ。

「役替えは以上である。名を呼ばれた者は引き継ぎをいたせ。国許へ帰る者は、新任が着任し次第引き継ぎをして江戸を去ることになる。支度《したく》をいたすように」

藩主が決めたことは絶対だ。異を唱える者はいない。しかし喜びや不満、妬《ねた》みは目や表情に出る。唇をへの字にして、顔を歪めた者は正紀が目にしただけでも数人いた。

「ははっ」

佐名木の言葉が済むと、一同は平伏した。正紀はそれで、大広間の藩主の座から引き上げた。


残った源之助は、藩士たちの様子に目をやった。

正紀と佐名木が大広間から姿を消すと、藩士たちの緊張は一気に解けた。そそくさと引き上げる者もいたが、寄って話をする者も少なからずあった。大広間に入ったときは部屋住みの身だったから、源之助は一番の末座にいた。その模様がよく見えた。

満足した者と、不満の者がはっきり分かる。竹中は、すぐに大広間から出た。唇を嚙みしめていた。

反正紀派でありながら異動がなかった者は、おおむね安堵《あんど》した様子だった。問題は親正紀派にあった者で、多少なりとも昇進があると見込んでいて何もなかった者たちである。

その中でも目についたのは、江戸御用下役を務めていた岡下豊作《おかしたほうさく》という者だった。勘定頭の下役で、他家との連絡や大奥御年寄滝川の拝領町屋敷の管理を行う役目を担っていた。

馬庭念流《まにわねんりゅう》の免状持ちで、剣を取れば藩内でも指折りの遣い手だと言われている者だ。直属の上司である、井尻に目をやっていた。

気に入らない、といった眼差しだ。岡下は、反正紀派だった井尻が勘定頭のままに据え置かれたのが不満らしかった。

夕方になって、竹中と岡下が揃って屋敷を抜け出した。

「はて」

源之助はそれに気づいて、首を傾げた。もともとは、仲のよい間柄ではなかった。上士と下士で、身分も異なった。ただどちらも親正紀派だった。

不審に思った源之助は、二人をつけた。

行った先は、下谷広小路《したやひろこうじ》の屋台の田楽屋《でんがくや》だった。竹中が、酒と田楽を注文した。

「二人で自棄酒《やけ》か」

源之助は、呟《つぶや》いた。竹中は昇格どころか左遷《させん》され、役替えを願った岡下は、そのままに捨て置かれる形になった。二人の間にどのような事情があったかは分からないが、不満を持った者同士で飲もうという話になったのは理解できた。

源之助は暗がりから、二人のやり取りに耳を澄ました。初めはひそひそ声だったが、飲み始めると声高になり、途切れ途切れにだが話の内容が分かるようになった。

竹中と岡下は、親正紀派として支持してきたつもりでいたが、それが上に伝わらなかった。その不満をぶつけ合っていた。

井尻とか杉尾という名が何度も出た。

特に気に入らなかったのが、その両名らしい。反正紀派でありながらそのままになった井尻、栄転した杉尾が、気に入らないのだ。

「殿やご家老は、何を考えておいでなのか」

いつしか正紀や佐名木への不満になっていた。

左遷や昇進しなかったのには、それなりのわけがある。源之助は、父の源三郎から話を聞いていた。加増したくても、原資がない。藩士からの禄米二割の借り上げは、正紀が婿に入る前から続いていた。

しかしそういう事情は考慮せず、結果に不満を持つ者はいる。竹中や岡下だけではないだろう。

「仕方がない。今宵は憂《う》さを晴らしてもらおう」

源之助はそう呟いて、田楽屋の屋台店から離れた。

二

四月朔日《ついたち》となった。正紀は、月次御礼《つきなみおんれい》で登城する。

在府の大名は、公儀の年中行事や特別の日の他、朔日と十五日、二十八日には月次御礼として登城をする。たとえ無役であっても、伺候席《しこうせき》に詰めていなくてはならなかった。

朝の仏間での読経を済ませたところで、正紀は正国の病間へ行って登城をする旨の挨拶《あいさつ》をした。

さりげなく、体調を窺《うかが》う。度重なる心の臓の発作があって、数か月前と比べると明らかに衰えていた。

正室の和《かず》も看病に加わるが、快癒《かいゆ》の見込みはない。治りかけたかと思うと、小さな発作があった。そのたびに、目に力がなくなって痩せた。奏者番《そうじゃばん》の役に就いていた頃にあった精悍さは、見る影もなくなった。

「城内は、老中定信《さだのぶ》に与《くみ》する者が幅を利かせている。しかし気にすることはない。状況を見てくればよい」

口元に、わずかに笑みを浮かべた。城内で過ごしたあれこれの場面を、思い起こしたのか。

挨拶を済ませると、登城のための身支度《みじたく》をする。

正紀の衣服について、世話をするのは近習だが、京はあれこれ口出しをした。新調した熨斗目《のしめ》長袴《ながばかま》の生地は、京が選んだ。

二つ年上で、祝言を挙げた直後から物言いは上からで、不満を感じたことはたびたびあった。しかし今では慣れたからか気にならなくなり、身の回りであった出来事を話し、それについての考えを聞くのが楽しみになった。

京と話をすると落ち着く。四歳の孝姫《こう》は正紀を慕《した》っているから、抱かれようと傍へ寄ってきた。

江戸城へは、大名としての行列をなして向かう。打揚腰網代《うちあげこしあじろ》の駕籠《かご》で三人舁《か》きだ。窓は無双窓ではなく簾《すだれ》が下がっている。先頭では中間《ちゅうげん》が槍を立てた。近習になった源之助や植村も、行列に加わった。

正紀にしてみると駕籠は窮屈で、できれば歩いて登城したいところだった。けれども大名ともなれば、そういうわけにはいかない。

駕籠の中で、数日前に、源之助から聞いた竹中と岡下との話の内容を反芻《はんすう》した。ずっと気持ちに残っていた。植村は異動が伝えられた日以降、同役に声をかけても知らぬふりをされたとぼやいていた。

「外様のくせに」

と聞こえよがしに言われたとか。

不満を持つ者がいるのは承知の上だが、満足した者と不満を持つ者とで、藩内が分断されることは避けたかった。そのためには、すべての藩士が納得する施策を行い結果を出さなくてはならないと考えた。

「しかし何があるか」

高岡河岸の活性化がまず頭に浮かぶが、具体的にどうすればいいか浮かばない。やれることは、これまでにすべてやってきた。

行列は、大手門前の下馬所に着いた。すでに門前の広場には、いくつもの大名家の行列が集まってきていた。正紀はここで駕籠から降りた。

ここからは徒歩で、大手門を潜る。供の家臣《かしん》は、この下馬所で、藩主の下城を待つ。

中小姓《ちゅうごしょう》と草履《ぞうり》取りだけが、正紀の後に続いた。

　老中や若年寄といった主だった大名は、通常四つ（午前十時）に登城をし、八つ（午後二時）に退出する。これを俗に『四つ上がりの八つ下がり』といったが、正紀ら五位諸大夫《しょだいぶ》の大名はそれよりも早く登城をし、退出は遅くなった。

　三の門から中の門を潜り、中雀門《ちゅうじゃくもん》を通り過ぎて御殿玄関に立つ。

　ここで腰の刀を、供の中小姓に渡した。ここからは一人となり、城内では供をする者はいなくなった。

　城内へ入るが、まだ慣れない。何しろ城内は広かった。同じように見える廊下がいくつもある。

　事前に御坊主頭に金品を渡し、城内の案内や作法の手ほどきをしてもらう。この手配は、すでに佐名木が済ませていた。これはどこの大名でもしていて、何の手立てもしていなければ、城中では茶の一杯も口にすることができなかった。

　各大名が詰める伺候席も、いろいろあって間違えたらたいへんだ。家格や官位、役職等により分けられている。大名家にとっては、その上下、将軍家との親疎《しんそ》を表すものだから極めて重視された。石高だけのことではなかった。

　同じ部屋でも、座る場所まで決まっていた。

大名が詰める席には大廊下席、溜《たまり》の間《ま》詰、大広間席、帝鑑《ていかん》の間席、柳《やなぎ》の間席、雁《かり》の間詰、菊《きく》の間広縁《ひろえん》詰の七つがあった。出自や官位を元に幕府により定められたのである。新たな役職に就任した場合は、その役職に対して定められた席に詰める。奏者番ならば芙蓉《ふよう》の間、大番頭《おおばんがしら》なら菊の間といった具合だ。

伯父の徳川宗睦《むねちか》は御三家の筆頭だから大廊下席で、ここは将軍家の親族が詰めた。高岡藩は譜代ではあるが、幕府成立後に新規に取り立てられた大名で無城だから、菊の間縁頬《えんきょう》の席となる。

雪隠《せっちん》へ行こうとして、正紀は廊下で迷った。そこへ老中の松平乗完《まつだいらのりさだ》と何人かの大名が通りかかった。誰が誰かは、前に尾張藩上屋敷で会った者もいて分かった。そのときは宗睦の紹介で名乗り合った。

現れたのはいずれも格上の大名たちだから、正紀は慌てて廊下の端に寄り頭を下げた。

しかし乗完を始めとする大名たちは、一瞥《いちべつ》を寄こすこともなく通り過ぎた。一万石の小大名だから無視したのではない。

他の小大名の場合には、答礼をした。

その理由は簡単だ。城内では老中松平定信とそれに連なる大名たちが幅を利かせている。今朝正国に挨拶をした折に、そのことを言われた。答礼があった小大名は、定信に与する一派の者たちといってよかった。

正紀は、徳川宗睦の甥という立場だから、城内では尾張一門という位置づけになっている。定信が老中に就任する際には、宗睦は水戸《みと》の治保《はるもり》と共に推した。しかし質素倹約を柱にしてなした、囲米《かこいまい》や棄捐《きえん》の令などの施策は失敗といっていい状況となった。

宗睦は定信を見限り、その政権を短命と見なして、袂《たもと》を分かつ決意をした。正国が幕閣の一角を占める奏者番を辞することになったのは、そういう経緯があったからだ。

乗完ら大名たちを見送った正紀は、雪隠をなんとか見つけて用を足したのち、菊の間を捜して廊下を歩き始めた。

「正紀殿」

そこで笑顔で声をかけてきたのは、美濃国高須《たかす》藩主の松平義裕《よしひろ》だった。

「いや、控えの間に戻れなくなりまして」

正直に答えた。

「慣れぬうちは仕方がない」

丁寧に教えてくれた。大いに助かった。

「戸惑うことがあったら、尋ねよ」

そう言い残すと、義裕は立ち去っていった。高須藩は三万石だが、並みの大名とは違う。尾張藩の支藩で、御連枝《ごれんし》という扱いだ。当然反定信という立場になる。義裕が気やすく声をかけてきたのは、正紀を同じ一門として支えようという気持ちがあるからに他ならなかった。

お陰で無事に、菊の間縁頰へ戻ることができた。

「廊下で、迷いましたな」

と声をかけてきた者がいた。親し気な口ぶりだ。下妻藩主の井上正広《まさひろ》だ。

「いや、面目《めんぼく》ない」

正紀は苦笑いで返した。昵懇《じっこん》の相手だから素直に認めた。

「それがしも、初めはそうでござった」

正広も、飾らない返事をした。同じ浜松藩の分家の当主として、井上一門の菩提寺《ぼだいじ》浄心寺《じょうしんじ》の本堂改築で力を合わせた仲である。以来昵懇の間柄となった。

正紀の方が二つ年上だが、藩主となったのは正広の方が先だった。そこで大名として初登城した折には、なにくれとなく力になってくれた。

ただ浜松藩主の井上正甫《まさもと》は、井上一門であっても、正紀に対する態度は正広とは違った。

挨拶を無視したわけではないが、儀礼的な言葉をかけてきただけだった。まだ十四歳で若いということもあるが、高岡藩に二代にわたって尾張徳川家の血を引く者が入ったことを、面白くないと考えているからに他ならない。江戸家老の浦川や分家の正棠が、正紀の廃嫡を図ったとき、正甫は見てみぬふりをしていた。

「芳次郎《よしじろう》殿」

下城のために廊下を歩いていて、幼名で声をかけられて正紀は驚いた。誰かと見ると、龍野《たつの》藩五万一千石の当主脇坂安董《わきさかやすただ》だった。廊下には人が少なかったので、気さくに呼びかけてきたのだと察せられた。

龍野藩は正紀の生母乃里《のり》の実家で、安董とは幼《おさな》いときから交流があった。安董と竹腰家の睦群《むつむら》、正紀の三人は、兄弟のような仲だった。

領内では地元産の大豆や小麦、赤穂《あこう》産の塩を原料として薄口醤油《うすくちしょうゆ》の製造を盛んにした。下野《しもつけ》や常陸、下総でも売られ、その輸送に関しては、高岡河岸を中継地として いた。高岡河岸が安定した実入りを得られるのは、この薄口醤油と下り塩の輸送があるからだ。

安董は能吏《のうり》で、外様ながら昨年の三月に奏者番の役に就いた。寺社奉行にもなるのではないかという噂があった。きわめて多忙な身の上である。

そのまま行こうとしたが、傍に三十代後半の大名を連れていた。正紀は前に顔は見ていたが、誰かは分からなかった。

「おお、引き合わせておこう。こちらは丸亀《まるがめ》藩主京極高中《きようごくたかなか》殿だ」

そして正紀を、紹介した。

讃岐《さぬき》丸亀藩京極家は五万一千石だが、外様の大名だった。したがって伺候席も柳の間で、名乗り合う機会がなかった。尾張屋敷への出入りもしていなかった。

「どうぞよしなに」

「いや、こちらこそ」

互いに頭を下げ合った。

龍野藩と丸亀藩は領地が隣接しているところがあって、前から親しい様子だった。

安董は、久しぶりに一献《いっこん》酌《か》み交わそうと、正紀を誘ってくれた。

第一章　下り塩

一

利根川は、滔々《とうとう》と流れている。上り下りをする大小の荷船が、高岡河岸の前を行き過ぎた。初夏の到来を思わせる強い日差しが川面《かわも》を照らしていた。

彼方に、筑波《つくば》の山が窺える。

納屋番の橋本利之助は、高岡河岸の船着場にいて、二人の侍を乗せた舟が近づいて来るのに気がついた。

四月朔日のことである。江戸より使番高坂市之助他一名が、下総高岡藩の陣屋へ到着したのだった。

その先触れは、すでに届いていた。

「お疲れ様に存ずる」

橋本は挨拶をした。藩主正紀からの親書を携《たずさ》えての帰国だ。

河岸場には、五棟の納屋が並んでいる。薄口醤油や塩だけでなく、繰綿《くりわた》や絹布《きぬぬの》、薪《しん》炭《たん》や酒なども置かれていた。ただ五棟が満杯というわけではなかった。空きなく使えればいいが、まだそこまではいっていない。

荷が集まりすぎることもあれば、一棟丸々空いてしまう日もあった。荷船が到着すれば、近隣の百姓が集まって、船からの荷下ろしや荷積みに加わる。納屋ができてから、荷積みによる手間賃稼ぎができるので、河岸場の繁栄を歓迎していた。女房たちは、船頭や水手《かこ》たちに茶や饅頭《まんじゆう》を売った。

農閑期に、出稼ぎをしなくても済むようになった。

納屋の周辺は、一面の田圃《たんぼ》だ。今は田植えを控えて、代掻《しろか》きを始めたところだった。水を張られた田が、日差しを跳ね返している。

橋本は、使者二人を陣屋へ案内した。

「おお、参られたか」

正門付近にいた藩士が声を上げた。建物は古いが、手入れは行き届いていた。門番が、お役所の建物に駆け込んだ。

草鞋《わらじ》を脱ぎ足を洗った橋本らは、国家老の児島丙左衛門と中老の河島一郎太のいる部屋へ向かった。挨拶を済ませた後、藩士一同は大広間に集められる。

国許の藩士たちは、この使者の到着を首を長くして待っていた。正紀が藩主になって、お役目の異動が伝えられるからだ。

一同この数日そわそわしていた。河岸場掛の橋本利之助も、人事は気になっていた。とはいえ、己の出世を望んでいるわけではなかった。また出世するほど、たいした手柄を立ててはいないと感じていた。

ただ河岸場の活性化には力を注ぎたいと思っていた。兄は、この河岸場を守るために命を失った。ならば兄の遺志を、自分は継がなくてはならないと思っていた。

高岡でも、国家老児島の失脚は当然視されていた。反正紀派の旗頭《はたがしら》だったことは、誰もが知っていた。ただ正紀は、他は適材適所で人事をすると伝えられているから、反正紀派だった者でも、期待する者はいた。

「しかしな、一万石の小所帯だから、入れ替えたとしてもたいしたことはあるまい」

と声高に言う者もいた。

一同が、陣屋の大広間に集まった。児島と河島、高坂らが、皆の前に姿を現すと、一同は話を止めて注目した。

高坂が児島に油紙に包まれた書状を手渡した。恭《うやうや》しく受け取った児島が、封を切り読み始める。

「国家老、河島一郎太」

これは予想通りで反応はなかった。小さなどよめきが起こったのは、児島家の跡取りで三十一歳になる丙之助の処遇だった。陣屋番頭は、閑職である。丙之助は、あからさまに悔し気な顔をした。

児島家は高岡藩では名門で、ここまで役を落とした者はいない。十石の減俸となった。

ただほとんどの者は、当然と見た。

一同が驚いたのは、杉尾善兵衛だった。蔵奉行下役から、廻漕河岸場奉行助役に栄転した。米問屋（商人）との交渉力を買われたのは分かるが、反正紀派だった。

「さすがは正紀様」

橋本はそう思ったが、不満そうな者は多かった。

特に親正紀派でそのままに据え置かれたり望まぬ役になったりした者、また反正紀派の者も、何でおまえがという眼差しを向けた。

また誰よりも、本人が仰天したらしかった。しばらくは目をぱちくりさせるだけで、身動きしなかった。

そして橋本利之助は、廻漕差配役となった。杉尾の下で、下士の橋本にしてみれば、出世したといえる。

単なる納屋の番ではなく、新たに荷を置く者を探すなどの役目を担う。河岸場の活性化に、直接関わる役だと知らされて嬉しかった。

「以上」

さらに何人かのお役と名が読み上げられたところで、児島が声を張り上げた。これでそれなりの満足と不満を残して、集まりは終了した。

「その方《ほう》がのう」

一同が引き上げる中で、丙之助が苛立《いらだ》ちと妬み、不満の声で杉尾に言った。不満の者が一緒にいて、冷ややかな目を向けた。

「媚を売ったか」

と口にした者もいた。しかし杉尾は表情を変えなかった。相手にしても仕方がないと思ったのか、それとも考え事に没頭《ぼっとう》していたのか、橋本には分からなかった。

そして橋本は河岸場へ戻った。腹の奥が、熱くなっていた。たいしたことをしたつもりはないが、正紀は自分を役に立つ者として廻漕差配役に命じたと受け取ったからだ。

江戸と高岡を行き来する。場合によっては、他の土地にも足を向ける。武者震いが出た。

しばらくして、船着場に杉尾が姿を見せた。

「これは」

意外だった。杉尾が自分の意思でここへ来たのは初めてだ。河岸場の運営に協力的ではなかった。というよりも、関心を示さなかった。

「納屋を見せてもらうぞ」

「どうぞ」

橋本はかかっている錠前を外して、五つの納屋を案内した。どのような品が多いか、どれほどの間、荷を置くのかなどを問いかけてきた。

「殿は、ここをさらに賑わしたいわけだな」

「さようで」

「拙者は年貢米の徴収が、藩の実入りの柱になると考えておる」

それは間違いないが、それでは済まないから、正紀は他の収入の道を探っていた。

「殿がわざわざ拙者にお役を下されたこと、忘れぬ」

「ははっ」

「力を合わせよう」

反正紀派でありながら抜擢されたことを、感謝したのだと橋本は受け取った。杉尾とこれだけ長く話をしたのは、初めてだった。

二

正紀は、佐名木と青山、それに井尻と植村、源之助を交えて藩主御座所で話をした。正国が使っていた部屋が、正紀のものになった。襖《ふすま》や障子《しょうじ》を開け放すと、心地よい風が吹き抜けた。

井尻は反正紀派の連判状に名を記したが、正紀は咎《とが》めなかった。そのことに井尻は感謝し畏《おそ》れ入《い》っていた。

「身命を賭して、お役に立つ覚悟でございまする」

と頭を下げた。

「うむ。締めるところは締め、どうしたら金子を出せるか、思案《しあん》をいたせ」

連判状には名を記したが、高岡藩の財政については危機感を持って当たっていた。気の迷いがあったのだろう。正紀とは、これまで幾多の財政危機を乗り越えてきた。

「藩政をなすにあたって、まずなさねばならないことは何か。その存念を申す」

正紀は一同を見回した。目指すところを明らかにすることで、廻漕河岸場方の士気を高めたい狙いだ。

「藩では、禄米二割の借り上げを長く行ってきた。これは家臣それぞれの家計を苦しめてきたはずだ。まずはこれをなくしたい」

佐名木とは話し合ってきたが、改まって他の家臣に話すのは初めてだった。正紀は続けた。

「ただそのためには、利根川水運における、高岡河岸の中継地としての利用をさらに推し進めねばならぬ」

「いかにも」

佐名木が応じ、一同は頷《うなず》いた。

「まずはその方策を練らなくてはならない。目指すは取手《とりで》河岸だ」

取手河岸は、利根川水運では関宿《せきやど》に次ぐ要衝で、鬼怒《きぬ》川や小貝《こかい》川流域の河岸場に荷を送る中継地として栄えていた。水戸街道の宿場と隣接しているという地の利もあるが、そこを目指したいという気持ちは、前から明らかにしている。

他にも大奥御年寄滝川の拝領町屋敷の管理があった。これは丁寧に行っていかなくてはならない。高岡藩と大奥を繋げる糸だ。

大名家にとって、大奥と繋がりを持っていることは大きい。ただ正紀は、政略のために滝川と関わっているつもりはなかった。

「高岡の納屋は、合わせて五棟ありまするゆえ、荷はまだまだ受け入れることができます」

常時満杯にはなってはいない。井尻は国許と連携を取りながら、その利用状況を把握している。数日空いたままになったり、満杯で置きたい者がいても断らなくてはならなかったりすることがあった。効率の良い利用ができれば、それが何よりだ。

「しかしそれだけでは、禄米の借り上げを止めるわけにはゆくまい」

井尻の言葉に、正紀が返した。利用を増やすべきだし、納屋の増設もしたいところだった。

「廻漕河岸場方が、何をなすべきかでございますな」

青山が言った。

「荷物の量を増やすためには、江戸や関宿、銚子《ちょうし》からの荷だけでなく、常陸や下総の各地から集められた荷も受け入れなくてはならぬでしょう」

源之助が応じた。大きな河岸場だけでなく、中小の河岸場からも荷を受け入れるべきだと言っていた。

「各地の地廻り問屋も当たらねばならぬと存じます」

植村が続けた。源之助や植村は、取手河岸の繁栄ぶりを目の当たりにしてきた。気力は溢れている。二人は廻漕河岸場方ではないが、関わる気でいた。

「まずはそこからであろう」

正紀は返したが、それが難しい。

納屋の増設は厳しかった。

「余分な金子は、ありませぬ」

井尻は、渋い顔をした。

「六棟目の納屋ができたとして、それで禄米の借り上げを終えることができるでしょうか」

源之助が呟いた。

「そうだな」

正紀はため息を吐《つ》いた。高岡藩士は士分が六十八戸、足軽が十六戸で、それらの禄の二割となると、年に百両では足りない。他に何か、新しい事業が必要だった。

とはいえ、妙案は浮かばない。今のところは、できることをするしかなかった。

夕刻、正紀は源之助ら供侍を伴って、芝口《しばぐち》二丁目の龍野藩上屋敷を訪ねた。八千三百坪ほどの敷地で、芝口橋に近い。手入れの行き届いた重厚な長屋門は、道行く町の者を威圧した。

領内では薄口醬油や塩田の開発が行われて、藩財政は順調だ。安董はやり手で、願《ねがい》譜代《ふだい》を申し出ている。

実現すれば老中職も可能となる。

酒を飲みながら、向かい合って話をした。多忙な身の上ながら、二人で話ができる時間を取ってくれたのは、縁筋の幼馴染《おさななじみ》だからに他ならない。ありがたいことだった。

正紀はまず、奏者番としての役務の労をねぎらった。気難しい将軍家斉と接し、松平定信などの老中たち、大名諸侯と関わりを持つ。激務なのは、正国を見ていたからよく分かった。

正国が体を壊したのは、そのせいかと思うこともある。とはいえ出世の関門を一つ越えたわけで、めでたい話ではあった。

「その方も、気を入れるがよかろう」

奏者番の仕事についてしばらく話をしてから、安董は話題を変えた。

「ははっ」

とは答えたが、正紀は幕閣での出世よりも、高岡藩の安寧《あんねい》を願っている。宗睦の甥だから、一万石であってもそれなりの役に就くことは可能だろう。だが猟官《りようかん》に励むつもりはなかった。

藩主としての抱負を問われて、高岡河岸の活性化と禄米の借り上げをなくす話をした。

「見事な心掛けだが、今のままでは無理であろうな」

安董はあっさり口にした。そして盃の酒を飲み干した。灘《なだ》の極上の下り酒だ。

「…………」

分かっている答えだ。ならばどうすればいいか、安董の知恵を借りたかった。正紀も盃の酒を飲み干して、手立てはあるかと問いかけた。

「高岡河岸を輸送の中継地として栄えさせるのはよいことだ。日銭が入る領民も、喜ぶであろう」

「いかにも」

飢饉の折には一揆もあったが、今はどうにか食えている。

「しかしさらに利を得るには、河岸の納屋を使わせるだけでは駄目だ」

とんでもないことを告げられた気がした。

「ならば何を」

それが分かるならば、手をこまねいてはいない。

「そうよな」

安董は少し考えてから続けた。

「高岡藩で商うのだ」

「商人のようにですか」

「そうだ。これまでもそのようなことを、してきたであろう」

「いや、そこまでは」

下り塩や薄口醬油を売る手伝いはした。しかしそれはあくまでも手伝いであって、高岡藩が商いをしたわけではなかった。高岡河岸を利用させるためだが、そこで「ああ」と気がついた。

銭相場に手を出したこともある。また量はさほどではないが、〆粕《しめかす》の商いにも関わっていた。

「できることならば、何でもいたす覚悟でございます」

と言い足した。できないと言っていたら、何も始まらない。

「そういうことだ」

安董も、同じようなことを考えて過ごしてきたのかもしれない。

「ではどのような」

「それはその方が考えるべきだ」

と返されて息を呑んだ。思いつくならば、相談などしない。不満な顔になったのに気づいたらしく、安董は付け足した。

「ならば、下り塩はどうか」

「はあ」

ここで安董は、瀬戸内地方で製塩が盛んになっている話をした。

「塩はな、全国各地の海辺で拵えられている。しかしその中心は、瀬戸内の沿岸部各地の塩浜で産されたものだ」

「それはまさしく」

正紀も分かっている。下り塩を商う桜井《さくらい》屋の塩を、高岡河岸では中継していた。

「瀬戸内の塩浜で、年に一万石以上の塩を作れる村は、いかほどあると思うか」

「さあ」

見当もつかない話だった。安董は一村で一万石と軽く言ったが、正紀にはとてつもない数字だ。

「わしが分かっているところだけでも、百三十村ほどになる。これらを合わせると、五百七十六万石だ」

龍野藩領内の複数の村でも、製塩が行われている。塩の生産については、注意深く様子を見ているらしかった。

「たいへんな量でございますね」

「うむ。塩は人が生きる上で、なくてはならぬものだ。売れぬということはない」

一万石以上の生産をする村は、瀬戸内だけではない。三河《みかわ》国吉田《よしだ》村や大隅《おおすみ》国垂水《たるみず》村、下総国行徳《ぎょうとく》村などがある。だが製塩する地域全体で考えれば瀬戸内が圧倒的で、全国生産の八割五分は占めるだろうと説明した。

「赤穂塩だけが、瀬戸内の塩ではないぞ」

と言われて、正紀は塩浜の様子を思い浮かべた。正紀が知る塩浜は行徳だけだが、瀬戸内の海辺では、いくつもの塩浜があるのだと頭の中でその姿を描いてみた。

「それを高岡藩で仕入れ、あるいは共にやる商人を探して、利根川流域の藩及び土地の問屋へ売ってはどうか」

　これが安董の提案だった。

「なるほど」

　できれば面白い。しかし今の段階では、瀬戸内の塩を手に入れる手立てはなかった。旧知の桜井屋は下り塩を西国から仕入れているが、それを奪うわけにはいかない。

　返事をできずにいると、安董が言った。

「先日その方に引き合わせた京極高中殿だが」

「はい」

　すぐに顔が浮かんだ。好意的な対応だった。

「かの領地には塩田があってな。そこの詫間《たくま》村で産される塩は、優れている。増産も進んでいるようだ」

「詫間塩というわけですね。江戸で売るのでしょうか」

「分からぬ。ただな、話を聞いてもよいのではないか」

　すでに名乗り合っているから、訪ねることに不都合はない。

「詫間塩については、わしから聞いたとすればよい」

引き合わされたのは、そういう腹があったからか。それは分からないが、高中と会って話を聞くだけならば、ためらう必要はなさそうだった。

三

翌朝、京極家へ使いを出すと、その日の昼過ぎならば会うことができると返事があった。早速指定された刻限に、正紀はお忍びで青山と源之助、植村を伴って愛宕下《あたごした》新《あたら》シ橋《ばし》外にある京極家上屋敷へ出かけた。

この屋敷も、敷地は五千坪を超す。長屋門の手入れは、行き届いていた。門はその御家の格式を伝えるだけでなく、財政状態も窺わせる。

「塩の実入りが大きいのでしょうか」

門前に立ったとき、植村が言った。

門番に訪《おとな》いを告げると、すぐに門扉《もんぴ》が開かれた。正紀は客間とおぼしい部屋へ通された。

「ようこそ参られた。新藩主は、気苦労も多かろう」

ねぎらいつつ、高中は歓迎してくれた。

「詫間の塩は良質で、量産もできるようになったとか」

「まあ、どうにか」

安董から赤穂塩に劣らないと告げられたことを話すと、嬉しそうな顔をした。そして家臣を呼んで、三方に載せた一匙《さじ》分の塩を運ばせた。

「試して御覧《ごろう》じろ」

言われて正紀は嘗めてみた。

「ごく微かに苦みがありますが、気になるほどではありませぬ。むしろ味に、深みを与えるような」

感じたことを口にした。何も知らないで嘗めたならば、気がつかないかもしれなかった。

聞いた高中は、まんざらでもなさそうな表情をした。

「瀬戸内は、おおむね温暖少雨の土地でござる。詫間村は塩浜に適した高瀬《たかせ》川の河口の三角州の中にあり、砂質も荒ろうござった。そこで当家では、歳月をかけて塩作りを目指してまいった」

どこも年貢米だけでは、藩財政は持たない。

「詫間の塩の産する量が、増えてきたわけですな」

「いかにも。年に十万石になりまする」

これは魂消《たまげ》た。正紀は息を呑んだ。そして浮かんだ疑問を口にした。

「できた塩は、売らねばなりませぬな。これまでは、どこへ売っていたので」

「瀬戸内の塩は、京坂《けいはん》や周辺の国、江戸などで売られてござる。しかし作られる量が増えて、京坂や周辺の土地では売りにくくなり申した」

供給過多で、安値でないと売れないということらしい。産地としては、面白くない話だろう。高中は言葉を続けた。

「そこで当家では、背後に北関東、東北諸藩が控える江戸で売れぬかと考えておりました」

丸亀藩では、詫間塩で藩財政をさらに揺るぎないものにしたいという腹があるようだった。

「それで売り先は決まったので」

「いや、まだでござる」

少しでもよい条件で売りたいのが本音だろう。これまでの話では、高岡藩がその商いに関われるとは思えなかった。ただ訪ねた以上、聞いておくべきことは尋ねておかなくてはならない。

「してどれほどの量を、江戸へ運べるので」

「今のところ、年九千石ほどであろうか」

「なかなかの量ですな」

とりあえず千石分は、四月になってすぐ江戸へ向けて樽廻船が出航しているとか。

それで正紀は考えた。今のところ江戸での塩の仕入れ値は、一石でおよそ銀十五、六匁といったところだった。これは付き合いのある塩問屋桜井屋で聞いた数字だ。

高岡藩が仕入れて、一石に銀二匁の利を載せたら、一両を銀六十匁として、およそ年に三百両になる。

「これは大きい」

胸の内で呟いた。実現できれば、二割の借り上げを止めるだけでなく、新しい納屋を拵えることもできるのではないかと算盤《そろばん》を弾いた。

「ならばそれを、当家が仕入れることはできませぬか」

つい口にしてしまった。言ってしまってから、無謀な話だとすぐに気づいたが、後悔をしたわけではなかった。

「えっ」

高中はわずかに驚きの表情をしたが、嫌がったわけではなかった。そしてやや考えるふうを見せてから告げた。

「品を江戸で受け取っていただく前に、仕入れると決めたときに初回分の前金五十両を納めていただきたい。のちに期日までに残金の支払いがなされるならば、支障はござらぬが」

丸亀藩にしたら、どこへ売ろうと品と金子の受け渡しが確実にできるならば、問題はないらしかった。

「なるほど」

支払いの期日は、品を受け取ってから一月《ひとつき》後だとか。樽廻船が江戸に着く日は未定で、下田《しもだ》湊に着いた段階で、早飛脚によって江戸に伝えられるのだという。

その日がいつになるかは、樽廻船次第だ。外海での航行は、風向きと潮の流れに左右されると言った。売買としては、五十両を渡して塩の引換証を受け取ることで成立すると聞いた。

高中の申し出は当然だが、正紀にとっては、荷の到着後一月のうちに全額の支払いが必要だというところが胸に引っかかった。

前金で五十両支払えるゆとりは、高岡藩にはない。

とりあえず初回の千石分を銀十五匁で計算しても、二百五十両の支払いとなる。これは売れても売れなくてもだ。商いをするなら、荷を引き取って、一月のうちにあらかたを売り切らなくてはならない。

「仕入れをしたいという江戸の問屋はあるが、安値では売れぬ。塩作りに関わった者たちの尽力の賜物《たまもの》でござるからな」

「それはもっとも」

「支払いも確かでなくてはならぬが、高岡藩が相手なれば案ずることはござるまい」

と告げられて、腋《わき》の下に汗が流れた。検討したいと伝えた。

「よくよく、お考えいただきたい」

高中は、話を進めてよいと考えたらしかった。

そこで丸亀藩士で、江戸塩奉行の井村朝兵衛《いむらあさべえ》なる者を紹介された。歳は四十前後で、風貌《ふうぼう》がどこか井尻に似ていた。五十一歳の井尻を若くして、若干狡賢《ずるがしこ》くした面体《めんてい》だ。

「以後、この者と打ち合わせるがよかろう」

高中は言った。具体的な売値について、高中はここでは口にしなかった。井村と話せとのことだと受け取った。

屋敷を出たところで、正紀は青山らに高中と話した内容を伝えた。三人は、話の内容を気にしていた。

「よい話ではありますが」

「まさしく。されど二百五十両となると」

青山の言葉を受けた源之助は息を呑んだ。植村も同様だ。藩では、十両の金子を用意するのにも、四苦八苦してきた。

絶望という空気だ。

「しかしな、できぬと思ってもできることはあるぞ」

大奥御年寄滝川の出女《でおんな》を手伝ったときがそうだった。余命幾ばくもない慕っていた叔母に会うために、出女厳禁の中で印旛沼《いんばぬま》に近い村へ出向いた。無事に連れ戻したことで、滝川との絆《きずな》は深まった。

「まずは下り塩商いの様相について、話を聞いてみよう」

まだあきらめたくない正紀は、桜井屋に会って話を聞くことにした。四人はその足で、霊岸島富島町《れいがんじまとみじま》の桜井屋へ向かった。

桜井屋との付き合いは、正紀が井上家に婿入りする前後からのものだ。正紀は二千本の杭を用意して利根川の護岸工事を済ませた帰路、桜井屋の隠居長兵衛《ちょうべ》夫婦と知り合った。二人の難渋《なんじゆう》に力を貸すことで知り合い、下り塩を高岡河岸に置く助力を得た。五棟の納屋のうち、一棟は桜井屋のものだ。藩はそこから運上金《うんじようきん》を得ている。

桜井屋の本店《ほんだな》は下総行徳にあって、もともとは行徳塩の販売を行っていた。しかし今では霊岸島富島町に江戸店を置いて、行徳塩だけでなく西国からの下り塩を扱っていた。

そこでは番頭の萬次郎《まんじろう》がいて差配をしている。萬次郎には決められないが、話くらいは聞けるはずだった。

長兵衛はすでに六十代後半になって、江戸へ出てくることは稀《まれ》になった。今は倅《せがれ》の長左衛門《ちょうざえもん》がすべてを取り仕切って、商いをしている。江戸へ来る日を知ることができると思った。

江戸店は間口五間（約九メートル）で、桜井屋は繁盛している。店には、塩俵《しおだわら》が高く積まれていた。

「いらっしゃいませ」

敷居を跨ぐと、小僧たちから声がかかった。正紀たちの顔は、皆知っている。

ただ店には、長左衛門の姿はなかった。しかし萬次郎が相手をした。

「瀬戸内からの下り塩は、たくさん江戸へ入津《にゅうしん》しているので、売りにくくなっています。行徳塩や川崎《かわさき》の大師《だいし》塩が出回っていますので」

江戸では供給過多ということらしい。

「では、仕入れても利にならぬか」

「そうとは限らないかと。北関東あたりを探れば、値段にもよりますが買い手はつくと存じます」

江戸から離れて内陸へ行けば、塩を求める者はまだまだいる。大まかな下り塩の商いの状況を聞くことができた。そして長左衛門は、明後日江戸へ出てくると教えられた。

四

二日後、正紀は桜井屋へ出向くつもりでいたが、長左衛門の方が高岡藩上屋敷へ足を向けてきた。藩主に就任した直後、祝いの品を持参して顔を見せた。それ以来だ。

「ささやかな品ではございますが」

長左衛門は、『かすていら』を手土産《てみやげ》に持って来た。病の正国へという配慮からだ。高価な品だが、ありがたく受け取った。

正国は小康状態だが、瘦せて顔色もよくない。食欲も衰えた。長左衛門は、藩士の誰かからそれを聞いたものと察せられた。下り塩の輸送で、藩士とは顔を合わせることがある。

よく気がつく人物だ。

長兵衛に劣らないやり手だと、評判は聞いていた。老齢の長兵衛が商いに関わらなくなっても、高岡藩との関わりは続いている。この場には、話を聞かせるために青山にも同席させた。

「瀬戸内からの下り塩について、何かお考えがあるとか」

正国の容態について話をした後で、長左衛門の方が先に話を振ってきた。

「うむ。考えを聞きたいことがある」

正紀は、京極高中と会ったところから、詑間塩の仕入れを藩で行いたい旨を伝えた。高岡藩だけでできる話ではない。口には出さなかったが、金銭面のことも含めて、できれば桜井屋にも商いに加わってもらいたかった。

「なるほど。丸亀藩では、詑間塩を江戸以北で売りたいわけでございますね。しかも地元の問屋を通さず、藩が直《じか》に江戸で売ろうとなさる」

話を聞いた長左衛門は言った。

「まあそうだ。その方が、実入りは多いからな」

「高岡藩も、そうなさりたいわけですね」

「そういうことだ」

詫間塩については知っていた。

「あれは、なかなかに良質の塩だそうで」

そんなことを口にした。

「いかにも、売れそうな品だ」

正紀は返した。

「ただ下り塩は、年々江戸への入津量が増えております。売り先を探すのは、難しいのではないでしょうか」

乗り気という印象ではなかった。萬次郎が口にしたことども、だいぶ違った。少し不満だった。

「だが、安値ならば買い手はつくのではないか」

「もちろんでございますが、丸亀藩はそれでよろしいので」

「ううむ」

高値で売りたいのが本音だ。さらに高岡藩の取り分を上乗せすることになる。

ここで長左衛門は、携帯用の算盤を出して弾いた。

「今、江戸での仕入れ値を、一石銀十七匁といたします」

「待て、銀十五匁ではないのか」

「西国からの樽廻船の値が上がっております。丸亀藩が十五匁でよいとされるならば、問題はありませんが、それはないと存じます」

迷いのない口調で、言い返すことができなかった。

樽廻船の費用は、売り手持ちだと言い添えた。その値が上がれば、売りにくくなる。しかし輸送あっての下り物だ。

「初めの千石の支払いは、二百八十三両ほどになります。これは売れても売れなくても、定められた期日までに丸亀藩に払わねばならないものです」

「うむ」

一石につき銀二匁の利を載せるとして、売値は銀十九匁となる。

「それだけではありません。江戸から買い入れた品の土地までの廻漕の費えがかかります」

「…………」

「さらに樽廻船から荷を下ろしてその先に運ぶにあたって、一時的にも納屋に入れなくてはなりません」

塩は、雨ざらしにできない品だ。その借り賃も、仕入れた高岡藩が持たなくてはならなかった。長く置けば、その費えも増える。

「支払いはもちろんだが、始めるには当座の金子もいるわけだな」

「そうなります。百両くらいは入用でしょう」

「そんなにか」

「たとえ売れても、買い入れた者から支払いを待ってくれと言われたら、どういたしますか」

丸亀藩への支払いは、一か月後だと話していた。

予想もしなかったことを、次々に言われた。これまでは、高岡河岸に置かせて、その利用料を得ていただけだった。〆粕の商いも、問屋が間に入ってのことだった。

しかし自ら商いをするとなれば、利も大きいが、損をするかもしれないという負の部分や初期費用の用意という問題も起こることが分かった。

納屋を建てる負担よりも、はるかに高額だ。しくじると、在庫と借金だけが残る仕組みだ。

「商いは厳しいぞ」

胸の内で呟いた。

長左衛門はまた算盤を弾いた。

「一石に銀二匁の利を載せ完売したとして、九千石で年に三百両でございます」

「だがすべては、懐に入らぬわけだな」

それでも悪くはないが、越えなくてはならない関門が多すぎた。まずは初期費用の捻出だ。

「初めに入用なのは、百両ほどか」

ため息が出た。聞いているだけの青山だが、冴えない表情になっていた。

「そこまではかからないかもしれませんが、あれば心強いでしょう」

しかし高岡藩に金を貸す商人は、いない。すでに借りられるところからは借りてしまっている。

「この商いに、桜井屋も加わらぬか」

と言ってみた。利を折半にしても、やらないよりはいい。

「さようでございますねえ」

気が乗った顔ではない。長左衛門はわずかに考えてから口を開いた。

「利は折半。うちの荷船を輸送に使うのはかまいませんが、買い手はすべて高岡藩で探していただきます」

「ううむ」

買い手を探すのが何よりもたいへんそうだ。長左衛門は、算盤を弾いて返事をしていた。隠居の長兵衛は、意気に感じて採算を度外視して力を貸すことがあったが、長左衛門はそれをしない。

あくまでも、商人としての付き合いだった。

「売れるであろうか」

長左衛門が引き上げた後で、正紀は青山だけでなく、源之助や植村も呼んで問いかけた。

すぐには誰も返事をしない。

「決まれば、やるまででござる」

青山がようやく答えたが、厳しいと顔に書いてあった。しくじると利がないだけでなく、損失を出す。それが痛いのだ。再考が必要だった。

五

その日の夕方から、雨が降り始め風が徐々に強くなった。生暖かい風だ。

夜、正紀はいつものように京の部屋へ行った。京の顔色が、朝と比べて優れない。

「何かあったのか」

気になるから尋ねた。京は丈夫で、風邪などもめったに引かない。

「いえ」

首を横に振って、少しだけ笑顔を見せた。

「ととさま」

孝姫は元気がいい。足腰もしっかりしてきた。顔を見ると傍へ寄ってくる。両手で抱き上げて、「高い高い」と言って、正紀の頭よりも上に差し上げてやる。

手足をばたつかせ、けたけたと笑って孝姫は喜んだ。

少し遊んでやった後で、丸亀藩を訪ねたところから始めて、詫間塩についての話をした。長左衛門の話にも触れた。

「損を抱えるかもしれない話ですが、なぜそこまで」

話を聞いた京は、その点に疑問を持った。

「二割の借り上げを終わりにしたいからだ」

それで正紀の気持ちが、分かったらしかった。

「ならば、なさればいい」

いつものように、きっぱりとした口調だった。これまでも迷っているとき、京からは適切な助言を得た。

「しかしな、できるかどうか分からぬ。大きな商いを、藩だけでするのは初めてだからな」

これまでは、塩の桜井屋や〆粕の松岸屋《まつぎし》が関わっていた。

「あなたさまならば、難しいことでもなさいます」

「そうかな」

褒められたには違いないが、目の前にある壁は高かった。

「これまでも、なさってきました」

根拠があって、できると言ったのではなさそうだった。

「いや。此度《こたび》は、難しい」

「ならば、おやめ遊ばせ。できぬとの気持ちがどこかにあれば、できることもできなくなりまする」

「うむ」

素直な気持ちを伝えたつもりだが、京の言葉は胸に響いた。気持ちが揺れた。やろうとしていたことに、迷ったのではない。止めようとしていた気持ちが、揺れたということだった。

「もう少し、やる方向で考えよう」

と腹が決まった。

このとき京は、何かにむせたときのように口に手を当てた。気分が悪そうだった。

正紀は傍に寄って、額に手を当てた。

微熱があった。たまに下腹部痛があり、胸に張りを感じるとか。

「大丈夫か」

そう言ってから正紀は、はっとした。前にもこういうことがあった。

「赤子ができたか」

ぱっと胸が晴れた。

「まだ分かりませぬ」

「そうかもしれぬということだな」

返事はしなかった。京は孝姫を産む前に、一度流産をしている。出産に恐怖があるようだ。日頃は気丈に見えるが、正紀にだけ見せる脆《もろ》い一面もある。

「まだ、公にはせぬといたそう」

正紀が告げると、京は安堵の表情を見せた。

夜半になって、風雨がさらに強くなった。雨戸を叩く音が激しくて、岡下は目を覚ました。

とはいえ、何かが起こっているとは感じなかった。

ちらと、芝二葉《ふたば》町の滝川の拝領町屋敷のことが頭に浮かんだ。江戸御用下役は、勘定頭井尻の下で他家との連絡や滝川の拝領町屋敷の管理を行う。何かありそうならば、そうなる前に手当てをすることは必要だった。

けれども動く気にはならなかった。外へ出れば濡れる。下谷広小路の藩邸から芝までは、遠い。眠かったので、そのまま寝た。何かが起こるとも思わなかった。

未明、もう一度嵐の音で目が覚めた。

話し声が聞こえた。起き出している藩士がいた。営繕の者たちで、馬小屋で何かあったらしかった。

またしても拝領町屋敷のことが頭に浮かんだが、起きなかった。告げられた人事に関する不満が、まだ残っていた。ふて寝だと、自分でも分かった。

それでいつもの刻限には起きた。屋根の一部を飛ばされた馬小屋は、すでに修理がなされていた。

藩邸内で他に何か起こっていないか検《あらた》められたが、馬小屋以外は無事だった。もし芝の滝川の拝領町屋敷に異変があれば、何か言ってくるはずだがそれはない。

岡下は、それでよしとした。上役の井尻も何も言わなかった。しかしそこへ、源之助と植村がやって来た。

「滝川様の拝領町屋敷は、無事だったでござろうか」

源之助が問いかけてきた。当然、検めてきているとしての問いかけだ。

「何も申してこぬゆえ、支障はないでござろう」

相手は近習見習いだが、江戸家老の嫡子だから下手《したて》に出た。

「検めに行かなかったのでござるか」

植村の言葉には、明らかに非難の気配があった。岡下は、それでむっとした。植村は外様だ。にもかかわらず正紀の腰巾着で、この度は近習になり家禄も三十五俵から三十六俵になったと聞いた。

「何もしていないくせに。ふざけるな」

と口には出さないが不満だった。正紀の傍で何をしているか分からない。どうせご機嫌取りをしているだけだろうと踏んでいた。

「なぜ検めに参らぬのか」

植村の命令口調も気に入らない。家禄は、岡下の方がわずかに上だった。

「新参者のくせに」

という腹だ。

「井尻様からは、命じられておらぬ」

「命じられなくても、行くべきではないか」

「ふん」

岡下は無視をした。

源之助も、何事もないだろうとは思った。しかし金子を得て管理を任されている以上は、確かめねばならない。

「参りましょうか」

何事もなければ、それでいい。

植村と共に芝二葉町へ出向いた。建物は汐留《しおどめ》川河岸にあった。もっぱらご府内の荷の輸送をする濱口《はまぐち》屋という船問屋が借りていた。建物は無事だったが、土手の一部が決壊しそうだった。

船問屋にとっては、船着場周辺の土手が崩れるかどうかは、見過ごせないことだった。

そうなったら、建物にも被害が及ぶ。拝領町屋敷を守るためには、高岡藩が修繕をしなくてはならない。

「しかし、それほど手がかかりそうではありませんね」

見た印象を、源之助は言った。もっこを借り、かねて用意していた杭や土嚢《どのう》を使って、二人で修繕をした。

六

嵐の晴れた朝、井尻は藩邸内で修繕に必要な箇所の確認を行った。

破損箇所が大きければ、修繕について費用が必要になる。頭が痛いところだが、幸い馬小屋の破損だけで済んでほっとした。

余分な費えはかからなかった。

滝川の拝領町屋敷についても頭に浮かんだが、言われなくとも担当の岡下が、当然動いていると判断してそのままにしていた。問題の報告もなかった。

岡下が行っていなかったことに気づいたのは、源之助と植村が戻ってきて、土手の修繕について報告を受けたからだった。

「これは気づかぬことを」

井尻は己の不注意を恥じた。

これまで拝領町屋敷については、源之助や植村が中心になって当たっていて、指図《さしず》するまでもなく動いていた。主に岡下の役目になっても、当然命じられる前に動いていると勝手に思い込んでいた。

「それこそが、お役目というものではないか」

という気持ちだ。自分は正紀には長く仕えてきたが、代替わりにおいては反正紀派に与した。悩んだ末のことだった。国許の勘定奉行職を餌にされたからだが、それについては悔いていた。

今度の異動で、左遷されても仕方がないと覚悟を決めていた。しかし役目も家禄もそのままだった。

仰天すると共に、正紀には感謝をした。

「身命を賭して、お役に立つ覚悟でございまする」

と告げた言葉に嘘《うそ》はなかった。

だから役目については細心の注意を払ったつもりだった。春嵐《はるあらし》の後始末についても、慎重にやった。一つだけ抜かったのが、拝領町屋敷の確認だった。

幸いたいしたこともなく済んだが、問題なのは確かめに行かなかったという点だ。

岡下は、初めてこの役に関わったわけではなかった。前に嵐に遭ったときには、建物を守る任に当たった。親正紀派の者だった。それだけに、拝領町屋敷に対する思いの薄さにも不満があった。

そこで井尻は、勘定頭の用部屋に岡下を呼んだ。

「あいすみませぬ」

岡下は頭を下げたが、どこか不貞腐《ふてくさ》れた様子が窺えた。呼ばれた理由は分かっているはずだ。

「なぜ芝の拝領町屋敷へ検めに行かなかったか」

「…………」

「早朝、嵐に気づいて検めに行ってもよかったのだぞ」

「嵐の中で、でございますか」

憎しみとも恨みともいえる眼差しだった。上役への遠慮がまったくないのに驚いた。これまで、こういうことはなかった。

「嵐だからこそだ」

怯みそうな気持ちを抑えて、井尻は告げた。そして付け加えた。

「せめて起きてすぐ、検めに行くべきであった」

源之助や植村が声をかけても行かなかったことにも触れた。明らかに岡下の怠慢といえた。

非を認めるかと思ったが、そうではなかった。非を認めれば、それで終わりにするつもりだった。親正紀派でありながら、加増も昇進もなかったことを不満に感じているらしいのは分かっていた。

「いや、そうではござりませぬ」

岡下は、表情を変えずに言った。

「何だと」

「井尻様からの下知《げじ》はございませんでした」

「だから行かなかったのか」

「さようで」

「下知がなくとも、参るのが役目というものだ」

怒りを抑えながら井尻は返した。すると岡下は、呟くように言った。

「そうやって、下の者のせいにするのでござるか。そして己は、殿に媚を売るのでござるか」

「何を申す」

そこまで言われたらば、捨て置けない。しかし岡下は、挑む目で告げてきた。

「此度の代替わりにあたって、正紀様廃嫡の企みがござった」

「それがどうした」

どきりとしたが、動揺が表に出ないように精いっぱい腹に力を込めた。

「あの折、正紀様を降ろそうとする者たちは、連判状に名を連ねました。国許の児島様を筆頭にして」

「ううむ」

自分も署名をしたから、忘れるわけがない。しかしそれは、正紀が見ぬままに焼き捨てたと聞いていた。

だから親正紀派の岡下は、目にしていないはずだった。

「あの写しが残っております。それが藩邸内に出回っておりまする」

井尻は息を呑んだ。自分が反正紀派に与したことは、ほとんど伝わっていないはずだ。これまで、面と向かって何かを言ってきた者はなかった。

しかし写しがあるとなると、形に残る。

正紀がよしとした以上、怯むことはないはずだが、井尻には後ろめたさがあった。

岡下は最後まで親正紀派だった。

自分はこれまでと同じ日の当たる役職で、岡下には何の沙汰もなかった。

「わしへの妬みと不満があって、動かなかったわけだな」

と察した。しかしそれでは済まない。

「何であれ、自らいたさねばならぬことはある。それを忘れてはならぬ」

伝えるべきことは、伝えなくてはならなかった。岡下が何を言おうと、動じる必要はない。不作為が続くならば、処罰がなされることになる。

岡下は頭こそ下げたが、声に出しての返事はなかった。

ともあれそれで引き上げさせた。この件は、佐名木には伝えた。連判状の写しの件については、触れなかった。

七

井尻と岡下のやり取りは二人だけのことで、人目についたわけではなかった。しかし同じ日、お長屋近くの井戸端で、人事に不満な者とそうでない者の間で、小さな悶《もん》着《ちゃく》があった。

水がかかった、かからないといった、些細なことが原因だった。どちらも親正紀派だった者で、異動に不満がある者が、羨《うらや》む相手に絡んだと見られた。

しかしこれは青山の一喝で、表向きは収まった。とはいえ、それで絡んだ者の気持ちが治まったとは思われなかった。

井尻が佐名木に拝領町屋敷の件を報告していたとき、源之助はそのやり取りを、襖一つ隔てた隣の部屋で聞いていた。

朝やり取りをしたときから、井尻に不満を持っていることは分かっていた。聞いたことについては、植村にも伝えた。

「けしからぬことです。井尻殿も、弱腰な」

植村は、そこが気に食わないらしかった。

「しかしおかしいですね」

「何がですか」

源之助の疑問に、植村が応じた。

「何であれ岡下は、ずいぶん無礼な態度を取っています」

井尻は反正紀派だったから反発があるにしても、上役であるのは間違いない。尋常ならば、ありえない言い草といってよかった。井尻にも弱みがあったから、これで済んだ話である。

井戸端であった藩士の悶着よりも、根が深い。

「いかにも、無礼な御仁《ごじん》です」

植村はますます腹を立てた。

「そうですが、岡下はなぜそのような物言いができたのか、そこが気になります」

上役への無礼は、場合によっては腹を切らされることもある。それなりの背景があるから、取れた態度ではないかと源之助は考えたのだ。

「なるほど、そうですね」

植村も得心したようだ。

「児島様ですか」

と問いかけてきた。

「それはないでしょう。あの方は、すでに国家老ではありませぬ」

「ならば誰か」

「正森《まさもり》様ではないでしょう」

先々代藩主の正森は、齢《よわい》八十を過ぎても達者だった。高岡の国許で病気養生をしていることになっているが、実際は江戸と銚子を行き来していた。高岡藩が〆粕の商いができるようになったのは、正森の尽力があったからだ。

岡下については、様子を見てみようということになった。

するとその日の夕刻も、岡下は竹中と共に屋敷を出た。

「早速ですね」

源之助は植村と共に、後をつけた。

「また田楽の屋台で、愚痴《ぐち》でも言い合うのでしょうか」

植村が言ったが、二人が入った場所は屋台店ではなく、格子戸の嵌《は》まった小料理屋萩乃《はぎの》だった。

「高そうですね」

「払えるのでしょうか」

「あの者たちが払うのではないかもしれませぬ」

源之助は返した。

「ならば誰が来るのか」

固唾《かたず》を呑んで待った。

すると間もなく、二十歳《はたち》をやや超えたあたりの侍が現れた。誰かと見つめて、すぐには思い出せなかった。

「ああ」

しばらくして源之助が思い出した。

「あれは下妻藩の、蜂谷佐平次《はちやさへいじ》ではありませぬか」

「なるほど、そういえば」

下妻藩の隠居井上正棠の近習だった者だ。何度か顔を見ていた。

正棠が国許移住になって、江戸の馬廻り役になったと聞いている。正棠に気に入られ、身の回りの世話をしていたはずだ。

高禄ではないが、藩では名の知られた者だった。下妻藩先々代藩主正意《まさむね》が安永《あんえい》三年（一七七四）に叙任《じょにん》した直後、乗っていた馬が暴走した。その場にいた家臣たちは肝《きも》を冷やしたが、身をもって守ったのが、今は亡き蜂谷の父佐平太《さへいた》だった。

以来、正意と正棠の二代にわたって、父子共に側近くに仕える身となった。蜂谷は正棠と共に国許へ向かうと思われたが、そうはならなかった。

「江戸に残ったのは、正棠様の息がかかった者を残したかったからではないか」

そんな噂話をした。

「すると岡下の後ろ盾は、正棠様でしょうか」

「どうでしょう」

源之助は首を捻《ひね》った。正棠はすでに国許で蟄居《ちっきょ》同然の立場に置かれている。力があるとは思えなかった。

店に入って話を聞きたいところだが、それはできない。三人は一刻（二時間）ほど飲んでから、外へ出てきた。

蜂谷の後は源之助がつけ、竹中と岡下の後は植村がつけた。それぞれが屋敷へ戻ったことを確かめた上で、萩乃の前に戻った。

そして店が閉まるのを待った。

店の明かりが消えた。格子戸を開けて中から女中が出てきたところで、源之助が声掛けをした。手早く銭を与えて問いかけた。

「先ほど、三人連れの侍が来たな」

「はい」

女中は迷惑そうな顔はしたが頷いた。源之助は、優しい口調で言っている。巨漢の植村ならば、怯えたことだろう。

「初めてか」

「いえ、三回目くらいかと」

初めて来たのは、半月ほど前だったそうな。

「どのような話をしていたのか」

「さあ。聞いているわけではないので」

「言葉の端でもよい。何かないであろうか。そなたから聞いたとは、誰にも申さぬゆえ」

懇願《こんがん》の口調にした。

「そういえば、浜松がどうのこうのと」

やや考えてからの言葉である。

「そうか」

源之助は植村と顔を見合わせた。

「後ろ盾は、浜松藩の浦川ですな」

「いかにも、厄介《やっかい》です」

井上本家の浜松藩主正甫は歳若だから、実質的に藩政を握っているのは江戸家老の浦川文太夫だった。下妻藩の正棠とは昵懇である。

「岡下は、だから井尻殿に無礼な態度を取れたわけですね」

植村は怒りの口調で言った。

「蜂谷を使ったのは、浜松藩は関わりないとしたいからでしょうか」

正棠ならば、蜂谷を使ってくれと浦川に言い残したかもしれない。

「岡下が高岡藩を出されたら、浜松藩が引き受けようということかもしれません」

「策略ですね」

源之助の推測に、植村が頷いた。

正紀が藩主になったばかりの高岡藩には、人事にまつわるしこりがある。そのことも、報告を受けているだろう。

これを煽《あお》って分断を顕在化させ、藩を混乱させる腹積もりか。だとすると、単に岡下の反抗という話ではなくなる。

「正紀様が正式に当主になられたことで、本家は矛《ほこ》を収めるかと考えましたが、そうではないかもしれません」

「まことに執念深い。正棠様も、嚙んでいるのでしょうね」

ともあれこのことは、正紀に伝える。

第二章　久世家

一

正紀は佐名木や源之助から、井戸端での悶着、井尻と岡下のやり取り、そして岡下と竹中が下妻藩の蜂谷と小料理屋萩乃で酒を飲んだ話を聞いた。

「そうか、蜂谷が出てきたか」

佐平次の父佐平太の武勇については、正紀も聞いていた。顔も何かの折に見たことがある。正棠の腹心だというのは分かっていた。

「藩士同士の多少の悶着はあるだろうと踏んでいた」

「それは、ときが経てばいずれ収まるはずでございますが」

「うむ。しかし煽る者がいるとすれば、けしからぬ話だな」

「しかもそれが浜松藩や下妻藩の者というのは、許せぬことです」

正紀と佐名木のやり取りの後で、源之助が怒りを言葉にした。小料理屋で飲んでいただけでは何の証拠にもならないが、岡下の言動の裏には、蜂谷の関与があると源之助は確信していた。

「不満を持つ者とそうでない者との間にできた溝を埋めるのは、できないことではない」

「さようですな。己を不遇だと思う者を、満足させればいい」

正紀と佐名木の言葉を受けて、源之助は不審な顔を向けた。満足させる手立てがあるのかと言いたいのだろう。

「二割の借り上げを止めればいい」

「それはそうですが」

容易《たやす》くはできない。けれどもまだ、人事を尽くしてはいなかった。実現できれば、浦川や正棠が何をしようと、藩士たちの心は動かなくなる。

京からも、背中を押されていた。また京の懐妊は、どうやら間違いなさそうだった。それは喜ばしいことだ。

翌日正紀は、青山と源之助、植村を伴って愛宕下新シ橋外の丸亀藩上屋敷へ向かった。

日ごとに青葉が濃くなっている。日差しも強くて、陽だまりを歩いていると暑いくらいだった。

丸亀藩上屋敷で訪ねた相手は、江戸塩奉行の井村朝兵衛である。すでに高中を交えて会っていたので、井村は丁重に正紀らを招き入れた。

そのとき、廊下で五十歳前後の男とすれ違った。やり手の商人ふうで、向こうが廊下の端に寄った。目が合って、一瞬厳しい眼差しになったが、すぐに笑みを見せ慇懃《いんぎん》に頭を下げた。

藩御用達《ごようたし》の商人だと思われた。

「ささどうぞ」

井村は客間に通した。詫間塩の商いについての話だと伝えていたが、大名家の当主ということで、特別な扱いらしかった。

青山らも同室し、名乗り合った。

詫間塩の概要は聞いていたので、すぐに商談に入った。要は、丸亀藩が塩を一石いくらで卸《おろ》すかという問題である。

高中は、はっきりした数字を告げなかった。交渉に当たる塩奉行の井村に任せる方針らしかった。

「塩が到着し次第、すぐにもお引き取りをいただけるのでございましょうか」

「あくまでも値次第だが、年九千石を長く続けて仕入れたい」

一回だけの取引ではないと伝えたつもりだった。高岡河岸の納屋の利用は長く継続的に使われてこそ、藩の安定した収入になる。詫間塩の売買も長く続けてこそ、両藩の利益となる。

だから値については、そこを考慮してほしいとの気持ちがあった。

「そうでございますな。樽廻船の値も上がっております。ただわが殿のお口添えもありましたゆえ」

ここで考えるふうを見せてから続けた。

「一石につき銀十七匁でいかがでございましょう」

「そうか」

桜井屋長左衛門が口にした値と同じだった。一匁でも二匁でも安ければと考えたが、甘かった。それでも粘ってみた。

「もう少し、どうにかならぬか」

「いや、それはちと」

井村はわざとらしく首を傾げ、顔を顰《しか》めて見せた。

正紀は、自分も井村も武家だが、話していることは商人そのものだと感じた。しかしどちらにとっても戦いだ。井村にしたら、高く売りたいだろう。ここで決まった値が、これからの売買に尾を引いてゆく。

「しかしな、小売りで銀十七匁をつけている店もあるぞ」

これは前日に、青山に調べさせていた。

「それは樽廻船の輸送の値が上がる前に、入津した品でございましょう」

譲る気配はなかった。

塩については、他の下り塩も買ってこさせ、味を確かめていた。微妙な違いだが、詫間塩を好む者はいるだろうと思った。

「詫間塩は、他所《よそ》のそれよりも上質でございます」

井村は胸を張った。

品のよさは分かるから、仕入れたい気持ちは強い。ただせめて銀十六匁にならないかと、正紀は思った。

その気持ちを察したらしい井村が、口を開いた。

「井上様がお越しになる前に、桑島《くわじま》屋と申す者が来ておりました。詫間塩を仕入れたいとのことで」

深川海辺大工町《ふかがわうみべだいくちょう》の塩問屋で、下り物を新規に扱いたいとして申し出てきた。すでに藩御用達になっている下り塩問屋の口利きだとか。

「その者は、銀十七匁で仕入れると申しました」

「ううむ」

「同じ条件ならば、殿の思し召しもありますゆえ、高岡藩で引き取っていただく所存でございまする」

言っている意味は分かった。無茶な申し出でもなかった。

「決めたいが、ちと思案したいことがある」

値については理解したが、まだ売り先について何の検討もしていなかった。それでは、買うとは言えない。

「数日、返事を待ってもらえぬか」

「分かりました。ただ長くは待てませぬ。塩を積んだ船は、すでに江戸へ向かっております」

そしてやや間を置いて言った。

「六日後の四月十三日で、いかがでございましょうか」

「よかろう」

塩を積んだ樽廻船が、江戸に着く前に話をつけたいということだ。これは仕方がないところだった。

さらに最初の千石分の支払い期日についても話した。支払い総額はおよそ二百八十三両余りとなる。

「取引をすると決めたときに前金五十両を、一か月後に残金を申し受けまする」

「承知いたした」

これで、一つの用件は済んだ。しかしこれだけでは、何も始まっていなかった。

二

「この先、どうなるのでしょうか」

丸亀藩上屋敷を出たところで、源之助は心もとなさそうに正紀に言った。

「やはり始めるための費えに、百両はないとできませぬか」

さすがの青山も弱気になっているのが見て取れた。植村は声を出さない。口にすべき言葉が思いつかないのだろう。

「四月十三日と、期限を切られたのも厳しいな」

正紀も力のない声になった。もはや借りられる商人はいない。借りられるところからは、すでに借りている。桜井屋からは、出さないと告げられた。

「濱口屋も駄目でしょうね」

これは源之助だ。深川伊勢崎《いせざき》町の廻船問屋濱口屋幸右衛門《こうえもん》は、江戸川を経て利根川や思川《おもいがわ》といった遠路の河岸場へ大型船で荷を運ぶことを家業としていた。松平定信が命じた囲米を運ぶ折に、賊に狙われたところを正紀が助けて昵懇となった。

桜井屋と共に、高岡河岸に納屋を一棟持っている。芝二葉町のご府内用の廻船問屋濱口屋の主人幸次郎《こうじろう》は、幸右衛門の次男坊だ。

昵懇の関係とはいっても、相手は商人だ。これまでにも借りているから、さらに貸すことはできないと告げられていた。また借りられるところがあったとしても、一両や二両では仕方がない。

屋敷に帰って井尻に話したが、体を強張《こわば》らせただけだった。何とかしたくても、ない袖は振れない。

「こうなったら、頼める相手は一人しかいない」

伯父の尾張藩主徳川宗睦である。金子は使うべきところでは惜しまず使うが、何にでも大盤振る舞いをするわけではなかった。身内から見ると、なかなかに吝《しわ》い。

仏頂面《ぶっちょうづら》が目に浮かぶが、叱責を覚悟で頼んでみることにした。

早速、面会の申し入れをした。ただ宗睦は多忙だ。つい先月上旬に、藩主就任の挨拶をしたばかりだった。

兄の睦群が、今尾藩邸へ訪ねてこいと返事を寄こした。すぐには面会できないから、話を聞いて伝えようというものだった。

今尾藩主となった睦群は、尾張藩の付家老だから、日々宗睦とは顔を合わせる。ならば頼むしかなかった。

兄とは一つ違いで、子どもの頃から可愛がってもらった。尾張徳川家には、将軍家や閣僚、諸大名や旗本衆などにまつわる情報が、いち早く入ってくる。睦群も吝いが、役目柄それらの情報には接するので、必要なものは正紀に知らせてくれた。

それは大いに役立っている。

正紀はその日の暮れ六つ（午後六時）過ぎに、赤坂《あかさか》の今尾藩上屋敷に出向いた。

「お忙しいなか、畏れ入ります」

「うむ。藩の政《まつりごと》は、うまくいっているか」

向かい合って、正紀はまずは藩内の様子を伝えた。人事を不満に思う者がいることや、それを蜂谷が煽っているらしいことなどについてだ。蜂谷が何者かの説明もした。

「浦川も正棠も、懲りぬやつらだな」

「まことに」

共にため息を吐いた。ただこれは、抑えていくしかない。

「藩政の柱になるものは、明らかになっているのか」

それで正紀は、丸亀藩の詫間塩を仕入れようとしていると伝えた。数年来続いている禄米の借り上げを止めるためだと付け加えた。

「詫間塩か」

睦群は詳しくはないが、上物としての詫間塩を知っていた。さすがは尾張藩付家老だと感心した。入る情報量は、相当なものだろう。幼少の頃から頭が明晰《めいせき》だと言われていたが、今は尾張の付家老という重責をこなしている。

「京極家では、力を入れているようだな」

話としては、悪くないと言った。

「だが高岡藩に、商うための金子はあるのか」

睦群は、高岡藩の財政状態を知っている。

「さればでございます」

正紀は、宗睦から金子の面で力添えを貰えないかと告げた。百両と具体的な数字も挙げた。藩主就任の祝いという、甘い気持ちもどこかにあった。高岡藩に婿入りするときには、護岸のために必要な二千本の杭を出してくれた。

「無理であろう」

一顧《いっこ》だにせず、睦群は即答した。予想した通りだが、それで引き下がるつもりはない。

「十年の年賦で、拝借したいのです」

「利息は」

「なしです」

くれという話ではない。これくらいならば、藩主就任の祝いとしていけるのではないかと考えた。宗睦も、気まぐれなところがある。

「図々しいぞ」

睦群は怒りの表情になった。しかし二呼吸ほどする間に、常の表情に戻った。こちらの必死さが、伝わったのかもしれない。

「藩内が二つに割れる気配があるならば、この売買はしたいであろう」

と言った。しかし今尾藩で金を出すとは言わない。

「さようで」

「ともあれ、宗睦様には伝えよう」

期待はするなと言い足した。

「売り先は、どうか。当てはあるのか」

これは極めて重要だ。売れてこその商いである。

「いや。まだこれからで」

「あれもこれも、これからか」

睦群は呆れ顔になった。

「塩問屋を当たります。骨惜しみをするつもりはありませぬ」

「当たり前だ。その程度の覚悟がなくては何もできぬ。しかし支払いの期限が切られているのであろう」

それを言われると、追い詰められた気持ちになる。

「どこを押したら、うまくゆくか。それを考えろ」

闇雲《やみくも》に動いても仕方がないと言っていた。

屋敷に帰った後、正紀は睦群と話したことを京に伝えた。

「塩問屋を当たりますか」

「詫間塩の質はよい。丹念に当たれば、仕入れる者は現れるであろう」

見本用の塩は預かってきた。京にも嘗めさせてみた。

「ただの塩といえばそれまでですが、その気になって口に含むと、それなりの味わいがありますね」

「いかにも。要はどこへ売るかだ」

睦群の言葉を頭に置いて正紀は言った。

「しかし日にちが」

そう呟いてから、京はしばらく考え込んだ。そして口を開いた。

「商家ではなく、大名家を当たってはいかがでしょうか」

「大名家だと」

またとんでもないことを言い出したと思った。ただそれで救われたことが、これまで度々あった。京の話は、最後まで聞かないといけない。

「大名家に買わせるのではありませぬ」

言っている意味が分からないから、次の言葉を待った。

「大名家に出入りする塩問屋に、藩主から仕入れるように告げさせるのです」

「なるほど」

ようやく、意味が分かった。藩主から推されたら、出入りの商人は仕入れないわけにはいかない。高岡藩の塩は、桜井屋から仕入れると命じた。これは替えられない。

相変わらず京の発想は、意外だった。

「やってみよう」

それから正紀は、京の腹を撫でてみた。まだ大きくはなっていないが、そこには命が宿っている。

「気分が悪くなることはないか」

「ありまする。ですがそうなるわけが分かっているので、堪《こら》えられます」

「辛いときは、休むがよい」

腹を掌《てのひら》で撫でていると、体の温かみが伝わってくる。赤子と京が愛おしい。

三

翌日正午前、杉尾善兵衛や橋本利之助ら高岡から江戸勤番になった藩士が、高岡藩上屋敷に到着した。

「よく来たな」

門扉を開け、藩士たちが出迎えた。懐かしい顔を見て、喜ぶ顔があった。到着が分かっていたから、心待ちにしていたのだ。

「無事に到着して何より」

「ははっ」

「励むがよい」

正紀は、到着した藩士たちからの謁見《えっけん》を受けた。

到着した者たちは、おおむね意欲を持って勤番に励もうとしているように見えた。特に杉尾と橋本は、挨拶の言葉を交わしただけだが、眼差しに気迫を感じた。

「よき面構えでございました」

同席していた佐名木も、正紀と同じ感想だった。旅装を解いた後、役務の引き継ぎを行う。国許へ帰る者は、翌々日の出立《しゅったつ》となっていた。

旅装を解いたところで、青山が詫間塩の商いに関する説明を、杉尾と橋本にした。

「これまでにないお役目ですね」

そう言って、橋本が目を丸くしたとか。

正紀は源之助と植村を伴って、愛宕下大名小路の下妻藩上屋敷へ藩主の正広を訪ねた。

正広は先代藩主正棠の嫡男だったが、父からは疎《うと》んじられた。正室の生母と正棠が不仲だったからだ。

正棠が正広を廃嫡しようとしたときには、正紀が助勢をした。

「藩主ご就任直後には、いろいろあろうかと存じます。お疲れ様に存じまする」

正紀と対面した正広は、ねぎらいの言葉をかけてきた。

登城の折には、同じ伺候席で世話になった。その礼を、正紀は改めて口にした。それから国許にいる正棠の動きについて、尋ねた。

隠居とはいってもまだ三十九歳で、このまま終わっていいとは考えていないと窺える。浜松藩の浦川と組んで、何かを企むのではないか。

「国許では、蟄居同然の暮らしとなっておりまする」

驕慢《きょうまん》で悪巧みをする人物だと分かっているから、陣屋内の屋敷に住まわせている。

近習は動きを妨げるために、正広派の家臣をつけた。

ただ正棠は井上本家井上正経《まさつね》の四男で、正甫の叔父となる。井上家の血統でいえば濃いので、譜代の臣では重んじる者がまだいた。

正紀は、高岡藩内の様相について話をした。人事で一部不満に思う者たちがいて、それに蜂谷が関わっていることも話した。

「ほう。あやつが近づきましたか」

正広は、蜂谷の動きには気がつかなかったようだ。藩邸内では、目立った動きはしていないとか。

とはいえ、筋金入りの反正広派なのは間違いない。

「正棠様から、何か指図があったのでござろうか」

「さあ。ただ本家の者とは、交流があるようで」

「ならば浦川が、蜂谷に何か指図をしていることは考えられますな」

「あるでしょう」

正広はため息を吐いた。とはいえ何もしていなければ、裁くことはできない。

それから正紀は訪ねた本題に入った。まず詫間塩について説明をした。見本の塩も、嘗めてもらった。

「高岡藩では年九千石を仕入れるつもりでござる」

「なるほど。正紀様は、やり手ですな」

羨まし気な目を向けた。下妻藩も財政は逼迫しているから、河岸場についても考えたが、高岡河岸のような地の利はなかった。正広が進めているのは、新田開発だった。

正紀も一時は新田開発を考えたが、地形や地質からして厳しいと判断した。だからこそ、高岡河岸の活性化を目指した。新田開発にふさわしい場所があれば、もちろん着手することになる。

「いやいや、まだ何もできておらぬが」

正紀は首を横に振ってから続けた。

「そこでだが、下妻藩出入りの塩問屋に口利きしてもらえればありがたい」

「なるほど、そこへ売りたいわけですね」

出入りの塩問屋は決まっている。値さえ変わらなければ、問屋は喜んで受け入れるだろう。

浜松藩出入りの商人にも当たりたいが、浦川が藩政を牛耳《ぎゅうじ》っている間はできない。今当たれば、邪魔に入るだけだろう。

「こちらが高かったら」

「そのときは、商談をしていただきましょう」

口利きはするが、命じるわけではない。

正広は勘定頭に文を書かせて、持たせてくれた。その足で正紀は本所相生町《ほんじょあいおい》の鍬田《くわた》屋へ行った。

敷居を跨ぐ前に、店頭に貼られた紙を見て値を検めた。

「産地によって銀十六匁から二十一匁をつけていますね」

「仕入れ値は、あれよりも安いはずです。二、三匁くらいは、利を載せているのでしょうか」

源之助と植村が話した。

店に入ると、初老の主人が出てきた。正紀の身なりがいいので、粗末にはできないと感じたのかもしれない。

下妻藩からの文を見せた。

「なるほど。詫間塩でございますか」

読み終えたところで言った。関心がないわけではなさそうだった。文の効果もあるからか、微妙に親し気な口調にもなった。

「よい塩だとは存じていますが、下り物については、すでに仕入れ先は決まっております」

「しかしよい品があり値が折り合えば、商人はためらわず仕入れる品を替えるであろう」

当然のこととして正紀は言った。

「それはそうでございますが」

「ならば考えてもらおう」

「ご藩主様のお口利きでございますので」

文が効いたのか、仕入れる気はあるらしかった。

「していかほどでか」

正紀の膝《ひざ》の上に載せていた掌が、袴を摑んだ。

「一石銀十七匁でいかがでございましょう」

仕入れ値と同じでは話にならなかった。売るたびに、輸送代や納屋代が赤字になる。

強張っていた体から、一気に力が抜けた。源之助や植村も、同じ気持ちだろう。

銀十七匁で仕入れて、銀十九匁以上で売らなくてはならない。

「銀二十一匁でどうか」

かまわず言ってみた。相手も商人だから、駆け引きをしているかもしれない。

「いや、それは」

渋い顔になった。もういいと言うかもしれないと考えたが、そうではなかった。

「では、銀十八匁でいかがでしょう」

この返答で、まだ話になると考えた。最終的には、銀二十匁で売ることになった。量は年千石で、一回目は百石という量だった。

「ただしお支払いは、品と引き換えで」

前金は出さないというものだった。値には満足したが、これでは丸亀藩に前金を払えない。

とはいえ、断る理由はなかった。

次に正紀らが行ったのは、小石川極楽水《こいしかわごくらくすい》の常陸府中《ふちゅう》藩上屋敷だった。松平頼前《よりさき》を訪ねたのである。正室の品《しな》は徳川宗勝の七女で、正紀にとっては叔母に当たる。府中藩は、水戸徳川家の支藩で御連枝となる。

頼前には薄口醤油を高岡河岸に置くにあたって助力を得た。そして天明の飢饉の折には、府中藩内で起こった一揆鎮圧のために、正紀が力を貸した。単に縁戚というだけでなく、持ちつ持たれつの間柄にあった。

「分かった。書状を持たせよう」

話を聞いた頼前は、あっさりしたものだった。祐筆《ゆうひつ》を呼んだ。

頼前に紹介されたのは浅草諏訪《あさくさすわ》町の堀留《ほりどめ》屋だった。先ほど行った鍬田屋よりも、店舗は大きかった。

ここの主人も詫間塩は知っていたが、味を試したことはないと言った。そこで持参した見本を嘗めさせた。

「なるほど」

味は気に入ったらしかった。頼前からの書状もあった。

ここでは銀十九匁で、年千五百石を卸すことになった。初回百二十石で、前金を十両払うと主人は言った。

ここまでは、順調といってよかった。

四

旅装を解いた杉尾は、橋本と共に上役になる青山から、高岡藩の年貢以外の実入りの詳細を知らされた後で、丸亀藩の詫間塩を仕入れる件について聞いた。

滝川の拝領町屋敷や〆粕の売買については、具体的なことを初めて知った。国許にも伝えられていたが、年貢米のことばかり考えていて気にも留めなかった。

年貢徴収のために米問屋とやり合うことはあったが、米以外を売り買いするのは、初めての経験だった。武家のすることではないと思ったが、先例にとらわれない正紀らしい仕事だとも思った。

「重責でございますな」

「腹を決めてかかれ」

青山から激励された。一緒に話を聞いた橋本も背を伸ばし、上気した顔で頷いていた。

抜擢された後で、改めて正紀について婿入り以来の業績を調べた。藩の逼迫財政が回復したとはいえないが、回復基調にあるのは間違いなかった。年貢以外の実入りが、藩財政の不足部分を補っていたのである。

それで正紀を見る目が変わった。

前は、反正紀派が口にすることをそのままに聞いていた。そもそも正紀との接点がなかった。

高岡からの道中、橋本から高岡河岸への熱い思いを聞いた。それも気持ちの変化に影響を与えていた。

「しかし、塩は売れるのでしょうか」

いきなりの話だから、しっくりこない部分もあった。

「塩は売れる。しかしいくらで売れるかが肝心であろう」

青山が答えた。

「そこは米と同じでございますな」

一石の値が少しでも低ければ、全体では大きな損失になる。

「ならば我らのお役目は、高く売るということでございましょう。

「それだけではないぞ。高岡河岸や送り出す河岸場で引き渡しを済ませるまで、無事に事を運ばせねばならぬ」

「なるほど」

これも年貢を商人に卸すのと同じだった。未知の仕事ではない。

参勤交代の経費や借金の利息の返済は、年貢だけではどうにもならなかった。高岡河岸や拝領町屋敷があるから、どうにかなってきたのだと改めて悟った。

堀留屋で話をつけた正紀は、高岡藩上屋敷へ戻った。すでに夕暮れどきになっていた。

御座所に佐名木と青山、杉尾と橋本を呼んだ。下妻藩と府中藩関わりで、年に二千五百石売れることを伝えた。

「見事でございます。後は、六千五百石でございますね」

橋本が目を輝かせた。

「いや、それがたいへんだ」

正紀は気持ちを引き締めて応じた。

「他に、頼める大名家はあるのでしょうか」

青山が言った。気になるのは、そこだろう。

「顔見知りはいる。しかしな、頼んで快諾するかどうかは分からぬ。下妻藩や府中藩のようにはゆくまい」

するると橋本が、また口を開いた。

「大殿様は、ご存じではないでしょうか」

正国のことを言っていた。

「どうであろう」

正紀は言葉を呑んだ。佐名木が口を開いた。

「奏者番であらせられたときならばともかく、今はどうであろう」

尾張の血を引く正国だが、今は小大名の隠居でしかない。しかも重篤《じゅうとく》な病の床にあることは知られている。役職にあったときのようにはいかないと佐名木は告げていた。

それは間違っていないと分かる。冷淡とは違うだろう。

さらに正紀にしてみれば、正国に余計な負担をかけたくないという気持ちがあった。心の臓の病は、心労があるとよくないと聞いている。

「では正森様は」

「正森様は、干鰯《ほしか》や〆粕、魚油《ぎょゆ》に関することならば顔が利くであろう。しかし扱うのは下り塩だからな」

青山の言葉に、正紀は返した。

「ならば塩商いの問屋を、一軒ずつ廻りまする」

杉尾が初めて言葉を発した。厳しい話を耳にしても、怯んではいない。

「丸亀藩に返答をするぎりぎりまで当たってみるか」

一同は頷いた。

正紀らとの話が済んだ後、杉尾は与えられたお長屋の一室で荷の整理をした。とはいっても身一つで来たのだから、簡単なものだった。妻子は国許にいる。

正紀と廻漕河岸場方がしたやり取りは、杉尾にとって新鮮だった。下士の橋本でさえ、口出しをした。正紀は耳を傾け、必要な返事をした。

「面白いぞ」

と感じている。

これまでの国許でのやり取りでは、そういうことはなかった。児島は、決めたことを命じるだけだった。

下士の言葉に耳を傾けるなど、一度もなかった。そもそも下の者には、発言する機会など、与えられなかった。

正紀のことをよく知らないで、児島の側に立っていた。今になって後悔した。自分もここでは新参だが、ものを言える進取《しんしゅ》の気風があった。旅をした直後で疲れはあったが、心地よかった。

そろそろ寝ようとしたとき、戸を叩く者がいた。乱暴な叩き方だった。

「誰か」

「おれだ」

戸を開けると岡下だった。薄暗いが、見覚えのある顔だ。岡下とは歳も同じで、四年前まで国許で親しんだ。

「貴公、たいした出世だな」

酒臭い息が、鼻を衝《つ》いた。どこかで飲んできたらしかった。挑むような目を向けている。どきりとした。

そのような目で見られる覚えはないと思った。

「藩邸に着くなり、殿からお呼びがかかったというではないか」

絡んできた。どうやらそれが気に入らなかったようだ。それで岡下が、親正紀派でありながら、何の沙汰もなかったことを思い出した。

己は冷遇されたと考えているようだ。反正紀派でも、重い役目を得た自分が気に食わないのだろう。

しかし酒を飲んで絡まれるのは迷惑だった。

「疲れているので、寝たい。しらふの折に話をしよう」

戸を閉めようとすると、体を間に入れてきて邪魔をした。

「ふん、何を言うか。きさまは媚を売って、殿の歓心を得ただけであろう」

「何だと」

旧知の者であろうと、酒を飲んでいようと、許せない言葉だった。江戸で新たな役目に就く。胸にあった意気込みが、穢《けが》されたようにも感じた。「媚を売る」など、考えたこともなかった。

会う折もなかった。言いがかりだ。

「ではその方は何をした」

売り言葉に買い言葉になった。岡下は正紀を支持しただけで、何かの役に立ったわけではないという気持ちが、どこかにあった。

ただこの一言は、岡下を刺激したらしかった。

「おれを、貶《おとし》めるのか」

腰の脇差に手を添えた。岡下は逆上している。昔から、かっとすると何をしでかすか分からないところがあった。

杉尾は後悔した。気持ちが醒《さ》めた。

「やめろ」

と言ったが、まさか抜くことはないと思った。藩邸内で、家中の者に斬りかかるのである。ただでは済まない。

しかし岡下は脇差を抜いた。斬りかかってきた。酔っていても、腕は確かだった。

岡下の剣の腕は、藩内でも指折りだ。

杉尾は後ろに下がって一撃を躱《かわ》した。しかし岡下は、それで動きを止めず、さらに肩先を目指して打ちかかってきた。

こちらは素手だ。避けるしかない。

さらに後ろへ下がったが、背中が柱に当たった。とうとう躱しきれなかった。二の腕を斬られた。

「刃傷《にんじょう》だ」

ここで叫んだ者がいた。今のやり取りを、見ていたらしい。

「出合え」

と続けた。それで岡下も、はっとした顔になった。自分がしたことの無謀さに気づいたらしかった。

慌てて脇差を鞘《さや》に納めた。

「くそっ」

言い残すと、建物から離れた。恨みの目を杉尾に向けてから舌打ちをし、裏門へ向かって駆けた。

「待てっ」

近くにいた藩士が追った。声を聞いて現れた者も、それに続いた。

五

外で怒声《どせい》と乱れた足音が響いたので、植村はお長屋の外へ顔を出した。

「いったい何があったのか」

目の前を駆け抜けようとした、隣のお長屋に住まう藩士に問いかけた。血相を変えている。

「杉尾殿に、酔った岡下が斬りかかったらしい。とんでもないことだ」

聞いて仰天した。

「それで杉尾殿は」

「大怪我ではないようだ」

そう聞いて安堵したが、問題はそれだけではない。藩邸内で藩士に斬りかかったことが大きかった。しかも杉尾は、身に寸鉄《すんてつ》も帯びていなかったとか。

「よし。それがしも追いかけよう」

岡下には、腹立ちがあった。前に無礼なことを言われた。しかしそれは私事だった。何があろうと藩邸内で刀を抜いた者を、そのままにすることはできない。

「酔って無腰の者を襲うなど、武士の風上にも置けぬ」

室内にある突棒《つくぼう》を摑んだ。植村は巨漢で膂力《りょりょく》はあるが、剣術の方はからきしだった。刀よりも突棒の方が性に合った。

裏門の潜り戸は、開いたままになっていた。屋敷外に逃げたのは間違いなさそうだ。

「捜し出せ。逃がしてはならぬ」

暗がりの中で、誰かが叫んでいる。龕灯《がんどう》や松明《たいまつ》を持ち出した者もいた。

何人かずつ、手分けして捜した。

武家地は闇に覆われている。彼方に下谷広小路の明かりが見えて、喧騒《けんそう》も耳に入った。

江戸でも指折りの繁華街だから、そちらへ逃げ込んだかもしれない。また闇の武家地を辿って姿をくらまそうとしたかもしれない。

植村は、松明を手にした藩士と共に、武家地の闇を探った。辻番小屋の明かりが見えて、駆け寄った。

「走り去る侍に気づかなかったか」

「いえ。それはないような」

番人の老人は指で目を擦りながら、寝ぼけたような声で答えた。居眠りでもしていたようだ。

「いたぞ」

という声が上がって、そちらへ駆けた。殺気立った藩士が何人か集まっている。龕灯の明かりが、侍の顔を照らした。

「これは」

岡下とは似もつかない侍の顔が現れた。他藩の者だ。

「ご無礼をお許し願いたい」

一同で頭を下げた。提灯《ちょうちん》を持たずに歩いていたので、怪しんだのである。

「草の根を分けても捜せ」

集まった藩士たちは、再び闇の中へ散った。植村も、闇の中に目を凝《こ》らした。猫の子一匹、見逃さない覚悟だ。

けれども岡下の姿は、どこにもなかった。ついに、町木戸の閉まる刻限になってしまった。下谷広小路の盛り場へ行った者も、捜し出すことができなかった。

「路地裏まで捜したのだが」

そうなるともう、潜んでいるのではなさそうだった。すでに屋敷周辺にはいないものと思われた。

「あやつ、いち早く、このあたりから立ち去ったわけだな」

聞こえてきた言葉に、植村は頷いた。無念だが、引き返さざるをえないことになった。

帰路、二人の藩士の話し声が植村の耳に入った。ひそひそ声だが、よく聞こえた。

「岡下は、つまらぬことをしたものだ」

「まことに。しかし気持ちが分からぬわけではないぞ」

「杉尾は連判状に名を記しながら、殿のお側に仕える役に就いたわけだからな」

「まったくだ。それがしにしても、面白くはない」

植村が振り向くと、二人はすぐに話を止めた。どちらも、本音を漏らしたのだと分かった。


事件は、正紀と佐名木にも伝えられた。正紀は、すでに寝床に就いていた。寝間着のまま、御座所へ行った。佐名木も姿を見せた。

「杉尾の傷はどうか」

姿を見せた青山に、まずそれを尋ねた。

「藩医が手当てをいたしました」

二の腕の傷である。何針か縫ったらしいが、命に別状はないとか。まずは安堵したが、胸中は穏やかではなかった。

「酔った上でのこととはいえ、そこまで恨みは深かったか」

「かっとしたのでしょうが、やりすぎでござった。井尻に歯向かったのとは、事の大きさが違いまする」

正紀の言葉に、佐名木が応じた。

藩として、見過ごしにはできない。切腹ものの出来事だ。そして青山は、植村から聞いたという、岡下に同情する藩士の話もした。

「捨て置けぬのは、刃傷沙汰だけではありませぬな」

眉間に皺《しわ》を寄せて、佐名木は続けた。

「岡下に同情する者がいたわけでございます」

公にどうこう言う者はないが、岡下がしたことを、やむなしとする者が他にもいると推量できる。浦川や正棠らに付け入る隙を与えることになりそうだ。

翌日、藩士十人ほどが、改めて岡下の行方を追った。

源之助は植村と共に、その中に加わった。

「藩としては、何としても捕らえねばならぬ」

源之助と植村は、まず屋敷周辺の辻番小屋で聞き込みをした。下谷広小路の雑踏へ向かった者もいる。

源之助は番人に、昨夜訊いたことでも、一つ一つ改めて尋ね直した。少しの気配でも、何かあったら話させた。

「さあ、気がつきませんでしたねえ」

と告げる者があらかただったが、気になることがあったとする者が現れた。

「そういえば、何か慌てた様子で走って行った侍がいました」

「一人か」

「そうです」

刻限は、犯行があった直後あたりだった。提灯を持たない侍で、走って辻番小屋の前を通り過ぎた。

「広小路の方へ向かいました」

「それに違いない」

と広小路に出た。その刻限は広場に屋台店も出ていたが、明かりの当たらない部分も多かった。

また昼間と日暮れてからでは、商いをする屋台店が異なる。夕暮れになって、源之助と植村は改めて問いかけをした。人ごみの向こうで、高岡藩士が聞き込みをしている姿が見えた。

「逃げて行く、怪しげなお侍ですか」

蕎麦《そば》屋の親仁《おやじ》が、首を傾げた。昨夜も同じ場所で、商いをしていたとか。

「そうだ、人を斬りつけている。返り血を浴びていたかもしれぬ」

「さあ」

そもそもこのあたりには、怪しげな侍などきりがないほどにいる。いちいち気に留める者はいなかった。

「あやつは、銭を持っているのでしょうか」

「たくさんはないでしょう」

源之助の問いかけに、植村が答えた。酒好きの岡下は、一升徳利で買ってきた安い酒を、長屋で一人で飲んでいた。人を襲って金子を奪えば別だが、そうでなければ江戸から遠くへ逃げる銭はないはずだった。

「昨夜から今日にかけて、盗みを働いた侍はいるか」

下谷広小路を縄張りにする岡っ引きに問いかけた。

「いませんね。他の場所でも、そんなことは起こっていません」

そうなると、銭は持っていないままとなる。

一日かけて訊き回ったが、岡下の行方を特定することはできなかった。

六

同じ日、正紀は青山と橋本を伴い、神田元誓願寺前《かんだもとせいがんじまえ》の常陸谷田部《やたべ》藩一万六千三百石細川《ほそかわ》家の上屋敷を訪ねた。詫間塩の件で、藩主に口利きを頼みたかったからだ。

杉尾も同道したいと言ったが、怪我をしたばかりだ。この日だけは休ませることにした。

「それがしの不覚」

無念の表情だった。

藩内には、岡下に同情する者や、杉尾の対応が悪かったのではないかと陰口を叩く者もあった。杉尾にしてみれば、悔しい話だろう。

昨日のうち、正紀は病床の正国から、親老中派ではない大名で利根川を使って輸送のできそうな大名家二つを聞いていたのである。丸亀藩の詫間塩を高岡藩で仕入れる話を、正国には伝えていた。反対はなかった。

「やれるだけ、やってみるがよかろう」

手をこまねいているよりも、やれることならばやってみるべきだという考えだ。だから〆粕商いに手を出すときにも、異は唱えなかった。

三十三歳になる谷田部藩主細川興徳《おきのり》とは、江戸城内で脇坂安董に紹介されて挨拶をしたことがあるが、それだけの関係だった。老中らの近くにいるわけではなかったが、尾張と親しいわけでもなかった。

「奏者番の折には、何度も話をしたぞ。気さくな御仁であった」

正国は言った。事前に申し入れはしていたので、行くとさして待たされることもなく面談ができた。

「正国殿には、奏者番の折にいかいお世話になり申した」

興徳は屈託のない様子で、笑み交じりに言った。そこで正紀は、丸亀の詫間塩についての話をした。

「当家の出入りの塩問屋に、口を利けという話ですな」

聞き終えた興徳は、顔に笑みを残したまま言った。

「よき塩ゆえ、売れるはずでござる」

正紀は塩の味見を勧めたが、興徳は試そうとはしなかった。笑みは消さないが、引き受けるとは言わなかった。

「井上殿は、高岡河岸に納屋を拵えたそうな」

「さようで。そこから谷田部領内へ運びまする」

「まるで、商人のような」

言い終えたときには、顔から笑みが消えていた。「商人のような」という言葉を、好意的には使っていなかった。

「拙者は商人ではないのでな、そのような話を向けられても答えようがない。そのつもりもない」

「…………」

「地元の問屋に、直《じか》に当たるがよろしかろう」

関わるつもりはないと告げていた。

下妻藩や府中藩とは、まるで反応が違った。正国とは、奏者番の折には親しく話をしたらしいが、そのことは何の足しにもなっていなかった。すでに昔話ということらしかった。

「そこもとはまだ若い。藩政に尽くされよ」

と言われて、話すことがなくなってしまった。向けてくる眼差しに憐れみさえ含まれていて、繋がるものはないと感じた。

「ご無礼をいたしました」

引き上げるしかなかった。

もう一家聞いていたのは、下総多古《たこ》藩一万二千石松平家である。小石川伝通院《でんづういん》東にある上屋敷へ足を向けた。

ここも親しかったわけではない。気持ちが怯みかけたが、腹に力を入れた。

多古藩では、当主勝全《かつたけ》ではなく、江戸家老が姿を見せた。勝全は風邪をこじらせて寝ていて、今は会えないとの話だった。

風邪をこじらせているということが、事実かどうかは分からない。

「どうぞお大事に」

と言うしかなかった。

「正国様のお具合は」

向こうが尋ねてきた。正国が病のことは知っている。とはいえ、お愛想《あいそ》程度の問いかけだった。

正紀は、詫間塩の売買について話をした。家老は最後まで話を聞いたが、頷くことはなかった。終わると、硬い表情のまま口を開いた。

「当家に出入りする塩問屋に、口利きをしてほしいという話でございますな」

「さよう。年に千石ほど、無理であろうか」

「塩の商いに関しては、代々にわたって出入りをする商家が、その折々の様子を見ながら行っておりまする。商人がなすことに、当家が口出しをするなどはありませぬ」

「いや。一言、口添えをいただくだけでよいのだが」

相手は家老でも、下手に出た。

「詫間塩は、よき品でござる。それを勧めるのは、おかしな話ではないと存ずるが」

「今出入りをしている問屋が扱うておる品に、不満がないのにでございまするか」

よほど安いならば考えようもあるが、少しばかりでは話にならないと告げられた。口利きをしづらい事情があるらしかった。

正紀は、そこで気がついた。

「ここの藩では、出入りの商人から金を借りているのではないか」

それならば、無理を言うことはできないだろう。

天明の飢饉以降、どこの藩も財政は逼迫していた。それは高岡藩だけではない。

話を打ち切り、改めて当主勝全の快癒を願う言葉を残して、正紀は腰を上げた。

「いかがでございまするか」

待っていた青山が問いかけてきた。首尾を伝えた。

「厳しいですねえ」

話の結果を聞いた橋本が、ため息を吐いた。

七

屋敷に戻ると、今尾藩の兄睦群から、すぐに藩邸へ来いという連絡が入っていた。これは何であれ行かなくてはならなかった。

宗睦からの指図ということもある。

正紀は青山と橋本を伴って、赤坂の今尾藩上屋敷へ赴いた。門番は正紀の顔を見ると、何も言わなくても門扉を開いた。

「どうだ、詫間塩は」

対面するとすぐに、睦群が問いかけてきた。

「下妻藩と府中藩の出入り商人が、買いまする。合わせて二千五百石でございます」

しかし売らなくてはならないのは、年に九千石である。谷田部藩及び多古藩では断られたことを伝えた。

「あっさりしたものだな」

正国が奏者番をしていたら、異なる反応だったかもしれないと睦群は付け足した。しかしそれは、腹を立てているのではなかった。それが世の中というものだと、目が言っていた。

「先日その方が申した望みについて、宗睦様にはお伝えしたぞ」

正紀が気になっていることを、向こうから口にした。

「ありがたき……」

こちらが言い終わらないうちに返してきた。

「金は出ぬ」

「はあ」

そうだろうとは思っていた。ただ呼び出した以上、何かあるのではないかと期待した。断るだけならば、言伝《ことづて》で済む。

「気には留めてくださったようだ」

「さようで」

胸が高鳴った。

「できれば尾張藩の出入り商人が、年に四、五千石引き取ってくれるならばありがたいが」

口には出さないが願った。

「下総関宿藩久世《くぜ》家だ」

思いがけない家名を聞いた。久世家は五万八千石のご譜代で、当主は四十一歳になる広敦《ひろあつ》である。

「それは」

しかもあまりに大物なので魂消た。ただ広敦とは、尾張藩上屋敷で、宗睦の紹介で挨拶をしたことはあった。一年くらい前のことだ。

「かなりの量を見込めるのではないか」

あっさり口にしたが、にわかには信じかねた。正紀が不審な顔をしているからだろう、睦群は続けた。

「先年亡くなられた広敦様の父君広明《ひろあきら》様は、四年にわたって田沼意次《たぬまおきつぐ》様と老中職を務められた」

それは知っている、老中職のまま亡くなった。田沼意次とは、昵懇だったと聞いている。ということは、松平定信とは反する立場と受け取ってよいらしかった。親尾張の大名といっていい。

そういえば広敦も、公儀の役職には就いていない。定信や信明《のぶあきら》に対する立場か。

「久世様は、お口利きをしていただけますので」

「そうらしい」

宗睦が、広敦と話をつけたということになる。

「ならば早速、久世様のお屋敷へ伺いまする」

「それには及ばぬ。出入りの商人に伝えておくという話であった」

いざとなったら、宗睦がすることは早い。商人は、南茅《みなみかや》場《ば》町の栄永《さかえ》屋という下り塩問屋だった。

「それはありがたい」

「久世様への挨拶は、決まってから行けばよかろう」

尻がむずむずしてきた。すぐにも行きたいところだった。ただ岡下と杉尾の一件については伝えた。

「厄介な話だな。手を下した者を早々に捕らえ、事の処理を速やかに済まさねばならぬ」

睦群は言った。

翌日正紀は、青山と杉尾、橋本を伴って南茅場町の栄永屋へ出向いた。杉尾は怪我をしているが、今日こそはどうしても供につきたいと言った。

「よかろう」

意気込みを買った。

南茅場町は日本橋《にほんばし》川の南河岸で、八丁堀《はっちょうぼり》界隈にも隣接している。河岸には大きな納屋が並んでいて、いくつもの船着場では、荷下ろしや荷積みが行われていた。人足《にんそく》の掛け声が、初夏の空に響いている。

大店老舗《おおだなしにせ》が並ぶ界隈でも、栄永屋の店舗は、重厚さという点ではひと際目立った。塩だけでなく、味噌《みそ》や醬油も商っていた。次々に出入りする人の姿を目にしただけで、繁盛していることが窺えた。

「はい。井上様のことは、久世様よりお伺いしております」

出てきた中年の番頭は、正紀が名乗ると、来意を察した顔で頷いた。家臣ともども奥の部屋へ通された。主人もすぐに、顔を見せた。

「詫間塩はよい品でございますが、うちではまだ扱っておりませんでした」

正紀の詫間塩に関する話を聞いたところで、主人が言った。

「利根川上流や思川流域などで売れれば、幸いなことだ」

と正紀は返した。そうなると高岡河岸には置かれない。しかし品が売れれば藩の利益になる。それはそれでよかった。高岡河岸が栄えるのが好ましいが、利が得られるならば、それにはこだわらない。

「値は、いかほどになりましょう」

主人が問いかけてきた。これは売れるかどうかの境目だ。栄永屋は、久世家の件もあるので買う気になっている。逃す手はない。

「一石銀二十匁でどうか」

「さようでございますねえ」

主人は商いの綴《つづ》りを捲《めく》り、算盤を弾いた。

「銀十九匁で、年六千石をいただきましょう」

久世家の口添えがあったからといって、何でも言いなりになるわけではなかった。商人として、言うべきことは口にした。

「そ、そうか」

初めから、言い値で聞くとは思っていなかった。これならば、支障はない。初回分は七百石だった。

一気に六千石もはけるのは大きかった。さすがに関宿を地盤にする商家だと感心した。

関宿は利根川と江戸川が合流する、水上輸送の要衝だ。ここを拠点に、思川や渡良瀬《わたらせ》川の河岸場にも荷が運ばれる。関宿城下というだけでなく、何百棟もの大小の納屋が並んで、物資の集散所としての役割を果たしていた。

北関東の、商いの中心と言っても過言ではない。日光東往還《にっこうひがしおうかん》の宿場でもあって、人の行き来も多かった。

「しかしこれまで関わっていた問屋は、よろしいのか」

杉尾は気になるらしかった。

「商人は、よい品を安く仕入れたいのでございます」

主人は答えた。藩主の意向は重んじるが、それだけではないと言っていた。安価でよい品があれば、そちらに移るという意味でもあった。

話はまとまった。何であれ、久世家の口利きは大きかった。

残りはあと五百石だった。初回分はあと八十石となる。

「これで何とかなるのでは」

初めて橋本が安堵の表情を浮かべた。

「しかしもう、武家は頼れぬぞ」

青山が厳しい表情を崩さずに返した。すべてを売り切らなくては、求める利は得られない。

「ならば問屋や小売りを、当たりまする」

決意の顔で杉尾が言った。目の前で、六千石の商談がまとまった。身の内の昂《たかぶ》りが、顔に出ていた。

「もちろんその覚悟でございます」

橋本も続けた。二人の気迫は、頼もしかった。丸亀藩への返答の期限は迫っているが、買い手を探すぞという決意だった。

第三章　京懐妊

一

源之助は植村と共に、刃傷に及んだ岡下の行方を捜し続けた。他の藩士も同様だ。捜し出して、藩として処罰をしなくてはならない。

「歯向かうならば、斬ってよい」

と佐名木は命じていた。できれば捕らえて正式な裁きを受けさせたいが、岡下は逃げきるつもりと見受けられた。

馬庭念流の名手だから、藩士にさらなる怪我人が出る虞《おそれ》もある。源之助は、父がそれを避けたいと考えているのは分かっていた。斬るよりも、捕らえる方がたいへんだ。

岡下捜しは、藩士は二人以上で組んで行うようにと命じられていた。

それらしい姿を見たとの証言があった下谷広小路を、再度当たった。屋台店だけでなく、居付きの店も問いかけをした。広場には、たくさんの店がある。追跡の藩士たちで、手分けをした。

ただなかなか、それらしい者を見たという者が現れない。暗がりを通り抜けただけならば、人の目にはつかないだろう。半日聞き込みをしたところで、違う方法で捜そうと考えた。

岡下と親しくしていた者から、行っていそうな場所を尋ねた。

「あいつは、たまに屋台店に酒を飲みに行くだけでござる。匿《かくま》う者などいないのではないか」

匿えば、その罪を問われる。岡下のためにそこまでする者はいない、という話だった。そう言われてみると、人付き合いがいい方ではなかった。

「しかし異動があってから、竹中とは親しかったようですぞ」

植村の言う通りだ。武具奉行となった竹中は、暇なはずだった。竹中は事件当夜は岡下を捜す藩士と共に屋敷を出たが、翌日は屋敷内にいた。捜索の要員の中には入っていなかった。

「出かけて、どこかで落ち合うかもしれませんね」

「なるほど。それはありそうな」

「下妻藩の蜂谷と、三人で飲んでいたことがありましたからね」

どの程度の繋がりかは分からないが、蜂谷のところへ行く可能性もないとはいえなかった。そもそも岡下は、銭を持っていない。

となると蜂谷や竹中と繋がりを持つことは、大いにありそうだ。

竹中は今日も、屋敷内にいる。

「ならば、蜂谷と竹中の動きを探りましょう」

源之助の言葉に、植村が頷いた。話し合って、植村は竹中を見張り、源之助は愛宕下の下妻藩上屋敷へ探りに行くことになった。

下谷広小路から愛宕下は遠いが、これまで何度も行き来をしていた。慣れた道を、源之助は急いだ。

長屋門の前に立った源之助は、門番に声をかけた。下妻藩は分家同士だから、顔見知りが多い。源之助は一番親しくしている者を、屋敷外に呼び出した。もちろん正広派の者である。

「高岡藩も、たいへんですな」

岡下の件は、公にはしていないが、下妻藩士はすでに知っていた。

高岡藩では、まず正広に極秘ということで伝えた。公にしないのは、評判が幕閣や諸藩に広がっては面倒だからだ。正紀は何をしているとなる。

揚げ足を取りたい者は、諸大名の中にもいる。反尾張の者ならば、面白がるに違いない。

ただ一門内には、親戚関係にある者が少なくないから、伝わるのは時間の問題だと思っていた。そもそもこういう話題は、伝わるのが早い。

浜松藩へは、知らせたくなかったが、気づかれれば後が面倒だ。極秘として浦川にも知らせていた。

「当家には、来ておりませぬぞ」

下妻藩士は、まずそう答えた。気づけばすぐに知らせると言い足した。

「しかし藩士が手引きをして、密かに屋敷内に入れることはできるのでは」

「なるほど」

「蜂谷殿に、変わった動きは」

「それは気づかぬが」

正棠に可愛がられた蜂谷ならばやりかねないと、思ったのかもしれない。思い出そうとする表情になった。

「昨日は外出をしたが、明るいうちに一人で帰ってきましたな」

「今日は」

「朝から出ている。行き先は分からぬが」

「屋敷内の隠れていそうな場所を、それとなく探ってはもらえまいか」

蜂谷を探っていることを、まだ他の者に気づかせたくなかった。

「お安い御用だ」

裏門内の詰所で待っていると、四半刻（三十分）ほどで戻ってきた。

「いませぬな」

律儀な男だから、丁寧に当たってくれたはずだった。

「では、中屋敷か下屋敷でござろうか」

他に行き場所がなければ、岡下は蜂谷を頼る。その推量は、間違っていないという気がしてきた。ただ上屋敷ではないかもしれないと考えた。見つかりやすい。入れるならば、中屋敷か下屋敷ではないか。

「中屋敷はないかと存ずる」

思いついたことを口にしたら、相手が答えた。中屋敷には、蜂谷と親しい者はいないのだとか。蜂谷は正棠派で、正広が当主になった今では、藩内では浮いた存在になっていると告げられた。

そこで愛宕下からは遠いが深川猿江《さるえ》町の下屋敷へも、確かめに行くことにした。江戸も東の外れで、鄙《ひな》びた土地だった。

ここにも知り合いがいるので、呼び出した。

「当家の、岡下が来ていませぬか」

「いや、おらぬぞ」

それでもともかく、屋敷内を当たってもらった。

「おらぬ」

「ならばどこへ行ったのか」

もう一度下妻藩の上屋敷へ戻った。改めて、蜂谷の動きを探りたい。

植村は、竹中を見張っていた。武具のある土蔵に入っていった。時折外へ出てきて、あくびをしていた。熱心な仕事ぶりとはいえない。

「竹中は、岡下の所業をどう思っているのか」

植村は、犯行の夜の動きを確かめることにした。捜索に関わらない藩士に尋ねた。

事件直後、岡下を捜しに出た者の一人だ。

「竹中殿の一昨日《おととい》の夜の動きを、覚えておいでか」

親正紀派の者だから、気にせず尋ねた。

「そういえば、見かけた。あの御仁は、一人で広小路の方へ駆けて行ったと思うが」

以後のことは分からない。町木戸の閉まる四つ（午後十時）近くになって、姿を現した。誰もが、岡下を捜していたと見るだろう。

「一人だったなら、どこかで会って、銭を渡すなり指図をするなりしたかもしれない」

植村は胸の内で呟いた。そして竹中に、岡下を逃がす利があるかを考えた。

「ないわけではないぞ」

と、これは声になった。岡下は、藩内を乱した者だ。このまま行方が知れなければ、この件は解決がつかない。早晩、事件は外に広がる。

正紀の藩士掌握が、うまくいっていない証になる人物として多くの者が見る。浦川や正棠たちには利用価値があるではないか。

本人を助ける気持ちは微塵《みじん》もないだろうが、使えると考えれば、どこかに匿ってくかもしれない。

もちろん竹中が、岡下を捜せなかったことも考えられる。そのときは、岡下は蜂谷を頼ったかもしれない。

昨日も正午前に一刻ほど出ていたそうな。行き先は浜松藩上屋敷である。武具に関する修理について、用があったと聞いた。浜松藩には、鉄砲の修理に巧みな者がいた。

「ではそのとき、どこかに隠しておいて屋敷へ連れて行ったか」

と考えたが、さすがにそれはないと思われた。浜松藩上屋敷は広いが、人も多い。罪人を匿っておくことは難しいだろう。

すると岡下はどこへ行ったか。江戸を離れて高岡へ逃げたか。そんなことを考えているうちに、ときが過ぎた。

そしてついに、昼下がりの頃になって竹中が屋敷を出た。深編笠を被っている。

「いよいよだぞ」

昂る気持ちを抑えて、植村はこれをつけた。

竹中は迷う気配もなく歩き続け、両国橋《りょうごく》を東へ渡った。渡るとすぐに南に向かい、竪川《たてかわ》を越えた。

大川《おおかわ》に並行して、竪川と小名木川《おなぎ》を結ぶ六間堀《ろっけんぼり》河岸へ出たのである。

「これは」

行った先は、浜松藩中屋敷だった。

「まさかここに」

半信半疑で、藩邸を見張った。すると半刻（一時間）ほどした頃、深編笠の侍二人が出てきた。

「あのうちの一人は、竹中だな」

着物の柄に見覚えがあった。もう一人は分からない。岡下が身に着けていた着物ではなかった。体つきも違った。植村は二人をつけた。

二人は新大橋《しんおおはし》を西に渡った。渡り終えたところで、二人は別れた。

植村は竹中ではない方をつけた。気づかれないように注意をした。

「おおっ」

行った先は、下妻藩上屋敷だった。門を入る前に、侍は深編笠を外した。顔が見えた。蜂谷だった。

「蜂谷をつけてきたのですね」

そう言って姿を見せたのは、源之助だった。屋敷を見張っていたのだと分かった。

二人は今日見聞きしたことを伝え合った。

二

高岡藩上屋敷に戻った正紀は、南茅場町の栄永屋へ行った状況を佐名木に伝えた。その場には、青山も同席した。

「宗睦様のご威光は、さすがでございますね」

関宿藩主久世広敦を動かした。栄永屋が口にした通り、塩の質と値が受け入れられたのは間違いないが、やはりそれだけではないと感じている。

「杉尾と橋本も、気持ちが昂ったようだ。日本橋界隈の塩商いを、今からでも当たりたいと言ってきたぞ」

「なるほど、その難しさが身に染みて分かるのは、大事でございますな」

佐名木は返した。

残りは五百石だが、後ろ盾なく売るのはたいへんだ。扱う九千石の中で考えればほんの一部だが、これは大きい。

「しかしまだ、もう一つ難題がございます」

と口にしたのは青山だった。

「前金などを含めた百両だな」

忘れていたわけではない。頼りにしたい桜井屋や濱口屋も、今は頼れない。尾張藩も今尾藩も同様である。

井尻を呼んだ。腹を割って、相談をしなくてはならない。

「詫間塩だが、ここまでで八千五百石、初回分で九百二十石が売れることになった」

「それは何よりでございます」

前に話している。それが行けそうだと察して、安堵した様子だった。詫間塩の売り上げが入れば、禄米の借り上げをなくせる。借り上げがなくなれば、井尻家も助かるはずだった。

「そこでだが、前金がいる」

塩の仕入れを明らかにする折に、五十両がいる。さらに江戸や関宿での納屋代や輸送料もかかる。売れる見込みはあるわけだから、初回分の代金が入れば、どこかから百両を借りても短期間で返せる。ただ高岡藩はこれまでの借金があるから借りられない。

そういう中での相談だ。

「支払いをいたさねばならぬ金子が、毎月あろう」

「もちろんでございます」

井尻は厳しい表情になった。これから言うことを察したらしかった。

「藩にある支払いが来月以降の金子を、こちらへ回せぬかという話だ」

「ううむ、お待ちを」

厳しいのは分かっている。だが井尻は即座に断ずることはなかった。勘定の綴り三つと算盤を持って来た。できるところで捻出をしようとしていた。指を嘗めながら、紙を捲った。

力になろうとしている。

「向こう一月《ひとつき》でお返しいただけるならば、出せるのは三十二両でございます」

「そうか。それでも助かるぞ」

井尻にしてみれば、精いっぱいの数字だと思われた。ぎりぎりのところで金を回しているのは、百も承知だった。

他に府中藩の口利きで話がまとまった浅草諏訪町の堀留屋が十両の前金を出すことになっていた。すると残りは、五十八両だ。

「納屋は、できるだけ安いものを探しましょう。雨さえ漏らなければ、古くても」

青山が言った。この者も、正紀が婿入りをしてきたときから、金子の面で苦労を共にしてきた。

「輸送は、濱口屋の力を借りてはいかがでしょうか。金を借りるのではござらぬゆえ」

佐名木が言った。たとえ二、三両でも安くなれば、それだけ助かる。

そこへ源之助と植村が、屋敷へ戻ってきた。上気した顔で、何か摑んできたらしかった。

正紀らは、二人から一日の調べの報告を聞いた。

「そうか。蜂谷と竹中が、浜松藩の中屋敷で会ったわけだな」

「わざわざ出向くわけは、一つしかありませぬ」

源之助はそこに岡下がいると告げていた。

「決めつけるわけにはいかぬが、あってもおかしくはないな」

「本家に、引き渡しを求めまするか」

と言ったのは青山だが、すぐに無理だと気づいたらしかった。匿っていることを、認めるわけがない。証拠はあるのかと、居直られるだけだろう。

「岡下は、わざと杉尾殿を襲ったのでしょうか」

と口にしたのは植村だった。

「蜂谷に、唆《そそのか》されでもしたかと」

源之助が返した。

「さあ、そこまでするかどうか。しかし岡下にしたら、背後に蜂谷がいて、浦川や正棠様までがいると踏んで、気持ちが大きくなっていたかもしれぬ」

これは佐名木の意見だった。

「何であれ、正面から浜松藩に当たっても、確認は取れまい」

「しばらく見張りまする」

正紀の言葉に、源之助が返した。

同じ日、杉尾と橋本は、日本橋界隈の塩商いの店を廻った。話を持ちかける前に、追い返される場面もあったらしい。ただそれでもめげないで、塩商いの店を廻ったようだ。

ただ成果は、「試しに」ということで売れた一石だけだった。

帰ってきた二人は、一石売れたことで興奮気味だった。何軒も顔を出して断られた後だから、よほど嬉しかったらしい。

「明日は、蔵前《くらまえ》や外神田あたりを廻りまする」

前向きな言葉になった。杉尾は米商人との関わりがあったが、橋本は納屋の番人である。面食らう部分もあったに違いないが、めげてはいなかった。

夜になって、正紀は京の部屋へ行った。

「どうか、具合は」

腹の子のことより、京の心と体が気になった。

「たまに吐き気がありますが、わけが分かっていますので案じてはおりませぬ」

京は返した。正国や和には、大事にしろと言われたそうな。

懐妊については、藩医と一部の侍女を除けば、家臣にはまだ佐名木にしか伝えていない。いずれははっきり伝えなくてはならないが、京は流産を怖れている。

公表はもう少し後にしたいのが本心だ。

ただ武家にとって懐妊は、めでたいだけでなく御家の存続にも関わる重要なことだった。孝姫の次には、世継ぎの男児を求める声が出るのは、当然だ。

それも京には負担になる。

気持ちが分かるから、正紀は慎重になる。

それから正紀は詫間塩と岡下の件について伝えた。

「詫間塩は残りの五百石ではなく、今はとりあえず初回分の残り八十石を売ればよいわけですね」

京は、できることからこなしてゆく。

「いかにも」

「杉尾と橋本が残りを売ることができたら、これからの塩商いには、大きな力になりますね」

京は言った。藩は、人を育てていかなくてはならない。

この日も孝姫を抱き上げ、京の腹を撫でた。正紀にとっては、かけがえのないひとときだ。

三

翌日、源之助と植村は浜松藩中屋敷へ、見張りに向かった。岡下がいるかどうか、確かめなくてはならない。杉尾と橋本は、蔵前方面へ向かった。

詫間塩の見本を小分けにして懐へ入れていた。塩を売ることは、今となっては使命といっていい。

正紀は、領内飛び地の代官から来た報告の文書に目を通していた。新田開発ができる場所があるならばかからせたいし、実入りを得られる手立てがある土地ならば、梃《てこ》入《い》れをしたい考えがあった。

米と土地は、大名家の基本だ。

そこへ面会を求める知らせが伝えられた。丸亀藩京極家の江戸塩奉行井村朝兵衛からである。大事な取引先だから、すぐにでもかまわないと伝えさせた。

詫間塩を買い入れる取引をするかどうかの決断の日にちまでには、今日を入れて三日ある。

「何か」

と気になった。

井村は、指定した昼四つ過ぎに姿を見せた。正紀は、青山にも同席させて面会した。

「正紀様には、ご機嫌麗《うるわ》しゅう」

慇懃な挨拶を受けた。商人が、何かを求めるときの様子だと感じた。

「詫間塩をどうするかのお考えは、固まりましたでしょうか」

「うむ、詰めておるところだ」

「さようで。難しいところもあろうかと存じます」

「まことにな」

それは重々感じていることだった。

とりあえず売らなくてはならない八十石と、初期費用の残り五十八両を手に入れることは、極めて厳しい。ただ正紀や青山、そして杉尾や橋本もあきらめていなかった。

杉尾や橋本は、気迫を持って屋敷を出て行った。

分断をしかけている藩士たちを一つにまとめ、正紀の治世を進めるためには、越えなくてはならない峠だった。

「そこでご相談いたしたきことがございます」

笑顔をそのままに、揉み手をした。

「聞こう」

愛想のよさには騙されない。そういうときには、必ず裏に何かがある。

「詫間塩の件に関して、ぜひとも引き受けたいと申している商人がございます」

「ほう。しかし当家がやると申したら、それで決まりの話ではないか」

不満な気持ちになって、正紀は答えた。

「さようでございます。その上でのお話でございます」

井村は頭を下げた。

「では、何か」

「その申し出た商人は、一石につき銀十八匁で引き取りたいと申しております」

「京極家では、そちらへ売りたいわけだな」

「まあ、お約定《やくじょう》がありますゆえ」

ここで、笑みのない顔になった。見つめてきた眼差しは、こちらには出せないだろうと言っているようにも感じた。

井村としては、相手は誰であれ高く売りたいのが本音だろう。

「約定は、動かせぬぞ」

返答の期日ぎりぎりまで力を尽くす。できなかった場合、その後どうするかは相手の勝手だが、それまでは撤退する気はまったくなかった。

「そこで、でございますが」

ここからが本題らしかった。井村は居住まいを正してから口を開いた。

「くだんの商人は、もしお譲りいただけるならば、十両のお礼をしたいと話しております る」

「何と」

魂消た。これまで十両を得るために、藩ではどれほどの労力を費やしてきたか。ここでは何もせず、詫間塩から手を引くだけでその金子が手に入る。

しかし嬉しいわけではなかった。いや、小判で頰を張られたような気さえした。

「引き取るのは、どこの商人か」

「それは、ちと」

言いにくそうにした。

そのとき正紀は、丸亀藩邸に赴いた折に出会った商人を思い出した。当主の高中が口利きをしなければ、仕入れはあの者になっていたのかもしれない。

あきらめきれなかったわけか。

「深川海辺大工町の桑島屋と申したか」

覚えている。丁寧な挨拶をしたが、一瞬鋭い眼差しになった。

「当家では、引くつもりはない」

正紀はきっぱりと断った。井村が、上目遣いに見つめながら返した。

「期日になってお引き取りにならないことになっても、十両は出ませぬが」

金子は欲しいだろうと、言外に伝えている。するとそれまで黙っていた青山が、大きな声を出した。

「無礼であろう」

「ははっ」

井村は両手をつき、畳に額をつけた。

正紀には、それもわざとらしく感じた。

四

杉尾と共に屋敷を出た橋本は、朝の眩《まぶ》しい光を浴びながら歩いて行く。四月になると衣替《ころもが》えで、市井《しせい》の者は五月四日まで袷《あわせ》を着る。

町の様相が変わった。そして九月八日まで、足袋《たび》をはかない。江戸女の白い素足が、眩しく見えた。

橋本は、思いついたことを口にした。

「浅草界隈は、米商いの者が多いと聞きますが、塩問屋はどれほどあるのでしょうか」

「さあ、探しながら廻るしかあるまい」

二人とも、どこに塩問屋があるのかさえ分からない。

杉尾は二十歳前後の頃に二年間だけ、江戸勤番になった。江戸をまったく知らないわけではないが、それ以来の出府だ。橋本は、江戸が嵐で水を被り、たくさんの船が転覆したとき、その修理のために出てきた。作業だけしていたから、町の様子はほとんど見ていなかった。

早い話がどちらも田舎者だ。

慣れない江戸で、商人に対峙《たいじ》するのは難しいと、昨日日本橋界隈を廻って感じた。労を惜しむつもりはないが、期限も迫っている。誰かの口利きがある方が、話が早いと感じたのである。正紀が大名を当たったのと同じだ。

「だがそのような御仁は」

と考えて、橋本は一人だけ頭に浮かんだ。

芝二葉町の滝川の拝領町屋敷で、ご府内専門の廻漕業をしている濱口屋幸次郎だった。利根川まで行く遠路の船問屋濱口屋幸右衛門の次男である。

知り合ったのは江戸を高潮が襲って、多数の船の被害が出た後だった。幸次郎は正紀と相談して、芝二葉町の滝川の拝領町屋敷を拠点にして、ご府内だけで荷を運ぶ廻漕業を開くことを目指した。

資金は少なく、破船を修理して数を揃えることになった。その修理をするために、橋本は正紀に呼ばれて江戸へ出てきたのである。

その折、幸次郎と知り合った。

「江戸府内の廻漕業ならば、塩も運んでいると存じます」

「なるほど。いきなり訪ねるよりは、そこで口を利いてもらった方が早そうだな」

大名が口を利いても、値が合わなかったり、義理が絡んだりすれば、うまくいかないこともある。当てにはならないが、何もないよりはましだと考えた。

「よし。行ってみよう」

杉尾に告げると、すぐに話に乗った。

そこで二人は、汐留川河岸の濱口屋へ行った。

「ああ、あれは」

船着場に停まっている自分が修理をした船を見かけて、声が出た。必死でやった仕事だから忘れない。

「これは橋本様」

幸次郎は店にいて、橋本が声をかけると店の奥から出てきた。

「その節は、ありがたく」

茶菓を振る舞われた。そこで訪ねた目的を伝えた。

「なるほど。正紀様のお考えですね」

塩の荷は、折々運んでいるそうな。幸次郎は首を傾げた。役に立つつもりらしい。濱口屋の分家を立てられたのは、正紀の尽力が大きい。幸次郎の頭には、それがあるのだろう。

そして芝と京橋《きようばし》、深川と本所の塩商い四軒を紹介してくれた。

「どうなるか、分かりませんけどね」

幸次郎の名を出せば、話くらいは聞くだろうと言った。ろくに話も聞いてもらえないことが多かったから、それでもありがたかった。

早速、芝の店へ行った。

「いや、うちは新たに仕入れるつもりはありませんよ」

幸次郎の名を出したので話だけは聞いてくれたが、あっさりと断られた。味を確めてほしいと頼んだが、それもしなかった。

「こういうことも、ありましょう」

明るく言って、橋本は己を励ました。本音をいえば、がっかりしていた。

二軒目は京橋だ。話を聞き、ここでは味も確かめた。

「なかなかの塩ですね。好む客はいるかもしれません」

番頭は主人を呼んできた。行けそうだと感じたが、案の定主人は値段を訊いてきた。

こうなると、しめたものだ。そこで一石を銀二十匁と答えた。二十一匁としてもよかったが、それは抑えた。

「十九匁でいかがでしょう」

「うむ。そういたそう」

受け入れていい話だった。ほころびそうになる顔を、橋本は引き締めた。

「ならばとりあえず、二十石を仕入れるといたしましょう。好調ならば、次の折にさらに仕入れさせていただきます」

「そうか。何よりだ」

やはり口利きは大切だと感じた。昨日は、話を聞いてもらうだけでも一苦労だった。

「商人にとって、武家は年貢を取るだけの者と感じるのであろうか」

話がついて店を出たところで、杉尾が口にした。昨日廻った店でされた対応の、そっけなさが思い浮かんだのかもしれない。

三軒目は、深川である。ここでは、嘗めた塩は気に入ったらしかったが、値の折り合いがつかなかった。

「一石銀十六匁で」

初老の主人は、頑として譲らなかった。

「仕方がない」

買値が銀十七匁だ、それ以上で売らなくては、必要な利が出ない。分かっているから、こちらも譲れなかった。

引き上げようとすると、主人が言った。

「支払いを二か月後にしていただければ、一石銀十九匁で四十石いただきます」

「ほう」

資金繰りがつかなかったのだと気がついた。売ってから払う、という段取りだろう。

「売る当ては」

「あります。求めている複数の小売りがございます」

「ならば上役に伝えよう」

杉尾が答えた。四十石の支払いが多少遅れるだけならば、支障がないように思える。

しかし決めてしまうわけにはいかなかった。

四軒目の本所では、詫間塩の仕入れについては考えていたと言われた。値も折り合って、三十石の仕入れとまとまった。

ここは思いがけない展開だった。

これで深川の話が受け入れられれば、念願の八十石を十石上回ることになる。

「ともあれ深川の件を、確かめましょう」

二人は屋敷へ戻って、正紀と青山に尋ねた。

「それくらいならば、よかろう」

正紀の返事を聞いて、杉尾と橋本は再び深川へ足を向けた。ついつい急ぎ足になった。

五

青山は、交渉を終えた井村が屋敷から出て行く姿を物陰から見ていた。

「商人め」

呟きになって口から出たが、藩を思うための動きならば仕方がないとも感じた。

「はて」

井村が屋敷を出て少しして、竹中が姿を現した。深編笠を手に、潜り戸から外に出たのである。

「どこへ行くのか」

青山は、つけてみることにした。

「おや」

面白いことに気がついた。竹中が歩いて行くその先に、井村の姿があった。角を曲がると、同じように曲がった。

「あやつ、つけているのか」

と気がついた。井村は正紀を訪ねて来た、初めて目にする人物だ。何者か知りたかったに違いない。

「それを蜂谷あたりを通して、浦川に伝えるのか」

声に出した。そこまで行かなくとも、正紀と会った人物が何者か、己の目で確かめたいのか……。

竹中は、青山につけられていることに気づかない様子だ。自分がつけることに、精いっぱいだからかもしれない。

おそらく井村の行き先は、愛宕下の丸亀藩上屋敷だ。

「つけることもないか」

と青山は考えた。

「丸亀藩士が正紀様を訪ねたと分かっても、何の足しにもなるまい」

詫間塩についての詳細は、廻漕河岸場方以外では佐名木や井尻くらいしか分かっていない。けれども井村の向かう先は、丸亀藩邸のある愛宕下方面ではなかった。

「どこかへ寄るつもりだな」

と察して、さらにつけることにした。新大橋を東に渡った。

井村が行った先は、小名木川南河岸の海辺大工町だった。ためらう様子もなく、塩問屋の敷居を跨いだ。間口五間の店舗だ。店の脇に、納屋があった。

「これは」

青山は、屋根の看板に目をやった。桑島屋の文字が読めた。

「いらっしゃいませ」

小僧たちの威勢のいい声が聞こえた。

「高岡藩での首尾を、桑島屋へ伝えに来たのだな」

と察した。竹中は、井村が出てくるのを待っている。青山は離れたところから、その姿を見つめた。

その間、竹中は店の小僧に小銭をやって何か尋ねた。長いやり取りではなかった。何が分かったかは、見当もつかない。ただ名と藩、訪ねた用件くらいは訊いただろう。

桑島屋から井村が出てきたのは、四半刻にも満たない頃だ。井村はそれから大川の西へ戻り、どこにも寄らずに愛宕下の丸亀藩上屋敷へ帰った。竹中はここまでつけてきた。

井村が何をしたかの見当は、ついたかもしれなかった。

「これで竹中は、高岡藩上屋敷に戻るか」

と思ったが、そうではなかった。

行き着いた先は、同じ愛宕下の下妻藩上屋敷だった。裏門から門扉を叩いた。中間が潜り戸を開けると、中に入った。

蜂谷を訪ねたと察しがつくが、確かめておかなくてはならない。

青山は表門へ回って、知り合いの正広派の藩士を呼び出した。

「当家の竹中が、裏門から藩邸内に入った。誰と会っているか、確かめてもらいたい」

「承知」

待つほどもなく姿を見せた。

「蜂谷だ。ひそひそやっている」

「かたじけない」

それだけ聞ければ充分だった。高岡藩上屋敷へ戻った青山は、正紀に見聞きしたことを伝えた。

「そうか。こちらがしようとしていることが、これで浦川らに伝わったわけだな」

青山の話を聞いた正紀は言った。また竹中が、蜂谷と繋ぎを取り合っていることも明らかになった。

「何か、してくるでしょうね」

「うむ。ただ商いのことだからな。何ができるか」

見当がつかなかった。また正紀にとっては初期費用の残り五十八両の捻出をどうするか、それが頭の痛いところだった。手立てが浮かばないままだ。

返事の期限は明後日に迫っていた。その日には、五十両を持って丸亀藩上屋敷へ行かなくてはならない。


源之助は植村と共に、六間堀河岸で浜松藩中屋敷の様子を探っていた。出入りする藩士はいたが、すべて浦川の息がかかった者ばかりで、問いかけることはできなかった。

河岸の道は、人通りが多いとはいえない。時折荷船が通り過ぎた。土手に花菖蒲《はなしょうぶ》が淡い紫色の花を咲かせていた。

「岡下も、たまには屋敷を出るのではないでしょうか」

植村が言った。そういう場面に出会ったら、迷わず捕らえて高岡藩上屋敷へ連れて行く。しかし待っていても、岡下は姿を現さない。蜂谷が訪ねて来ることもない。

すると潜り戸から、三十代半ばの中間者が現れた。

「訊いてみましょうか」

源之助が言った。植村は巨漢で目立つが、源之助はどこにでもいそうな体形だ。譜代の中間ならば余計なことは口にしないだろうが、渡り者ならば銭を与えれば話すかもしれなかった。

源之助は、中間に近寄った。

「そなたは、井上家に長く奉公をしているのか」

「さようで。何かご用ですか」

「いや。通りかかって声をかけたまでだ」

問いかけはしなかった。一刻ほどで、その中間は戻ってきた。源之助と植村は、さらに屋敷を見張った。

夕暮れ近くになって、やっと潜り戸が開かれた。今度は二十歳前後の中間だった。前と同じ声掛けをした。

「いや、まだ三月《みつき》ほどですが」

渡り者の中間だと分かった。そこで銭を与えて問いかけた。

「二十代後半の他藩の侍が、ここ数日この屋敷内に逗留していないか」

「そういえば、いますね」

どこの誰かは知らされていない。歳や顔の特徴を訊くと、岡下のものと重なった。屋敷の離れに閉じこもっているとか。

「いつからか」

「ええと」

指を折って数えた。高岡藩上屋敷を出奔《しゅっぽん》した翌日の夕刻からだとはっきりした。連れてきた人物が何者かは分からない。ただ問いかけをした成果はあった。

六

「残る難題は、やはり五十八両だな」

縁側に腰を下ろした正紀は、ため息を吐いた。庭には紫蘭《しらん》や山法師《やまぼうし》といった花が彩りを添えているが、気持ちが引かれることはなかった。

万策尽きた気持ちだ。訪ねる相手が浮かばない。

「もうあきらめるしかないのか」

と呟いたとき、正紀の頭に、二人の女の顔が同時に浮かんだ。

一人は実家竹腰家の先代勝起の正室で、正紀の生母乃里である。実父勝起が亡くなった今は、得度《とくど》して昇清院《しょうせいいん》と称し亡き勝起の菩提を弔《とむら》っていた。

茶の湯に親しみ、高価な茶道具を持っていた。前に困ったとき、茶入《ちゃいれ》を出してくれたが、それは売らないで済んだ。

頼めば再び出してくれるかもしれない。

「だがな」

それはしたくなかった。高齢の母を、案じさせることになる。

もう一人は大奥御年寄の滝川である。こちらも話次第では貸してくれそうだが、気が進まない。

「甘えている」

と感じるから、それが嫌だった。芝二葉町の拝領町屋敷の管理をさせてもらうだけでも、藩としては助かっている。大奥御年寄という立場の者から、大きな借りを作るのは、避けるべきだという気持ちもあった。

滝川とは、できるだけ貸し借りを少なくして関わりたかった。

ところがそう思っているところへ、宗睦の使番が正紀を訪ねて来た。睦群を通してした願い事は、久世広敦を動かすことですでに応えてくれていた。

ならば何か。新たな厄介ごとか。早速対面をした。

「滝川様が、明日上様御台所《みだいどころ》寔子《ただこ》様のご名代で、寛永《かんえい》寺へお参りをなさいます」

顔を合わせた使番はそう言った。

「そうか」

「お参りの後、お食事をなさり、その後は芝居をご覧になりまする」

珍しいことではない。尾張藩がする接待で、前にその世話役を正紀がして滝川と知り合った。

「この度も、世話役をというお話でございまする」

宗睦が言ったのならば、「お話」は命令だ。他の用は、横へ置かなくてはならない。

「しかし今日の明日とは、ずいぶんだな」

この部分では驚いた。これまでは、数日前に伝えられた。

「ははっ。当初は、当家の違う者がなすことになっておりました」

しかし滝川から、たっての望みとして、正紀の名を告げてきたのである。それで急なことになった。

料理や芝居の手配、警護の手筈はすべて尾張藩で済ませていて、正紀は相手をするだけでいいというものだった。正紀が滝川と会うのは、藩主に就任して初めてのことだ。

滝川からは祝いの白絹が送られてきたが、それきりである。

「承知の旨、伝えていただこう」

「ははっ」

使番は引き上げた。

「これは都合がいい」

という気持ちが芽生えた。

「しかしそれでは、虫がよすぎる」

反する思いもすぐに浮かんだ。また受け入れられる保証もなかった。それで滝川との間が気まずいものになるのは避けたかった。

夜になって、京にその件を伝えた。

「私も滝川さまに会いたいです」

と京は言った。この気持ちには、裏がない。出女の折に京は会って、髪形を変える役目をした。その折に礼として受け取った螺鈿《らでん》細工の簪《かんざし》を、京は大事にしまっている。

「滝川さまは、ご就任のお祝いをおっしゃりたいのでしょう」

それは分かる。気にかけてくれていた。

「しかしな、それに乗じて金子の話をするのは卑怯で、思いを踏み躙《にじ》るような気がする」

「そうお感じになるのならば、話すのはおやめになればいい」

あっさりしたものだった。

「しかしな」

迷いがあった。

「いけませぬ。こうと決めたならば、それでお進みなさいまし」

「うむ」

「迷いがあって、何ができましょうや」

駄目ならば、仕方がないという考えだ。

「あい分かった」

高飛車に言われて、かえってすっきりした。

それからしばらくして、正国が小さな発作を起こした。泊まりの藩医が駆けつけた。知らせを受けた正紀と京は、まんじりともせずに症状が治まるのを待った。

深夜になって、だいぶ落ち着いた。大過はなかったが、正紀は枕元に座った。

「騒がせたな」

掠れた声で、正国は言った。発作は治まっても、顔色はよくない。

「何の」

正紀は首を横に振った。

正国は、少しの間目を閉じた。何か思案する気配だったが、目を開けて正紀を見た。

「詫間塩は、どうなっておるか」

あえて詳細は伝えていなかったが、気になっていたのかもしれない。嘘は言えないので、ともあれ何とか売り先が決まったことと、金子の用意に追われていることを伝えた。

「そうか」

目を瞑《つむ》った。何か考えているらしかったが、口には出さなかった。いつの間にか、眠りに落ちた。

翌日は快晴だった。正紀は上野《うえの》寛永寺の庫裏《くり》の一室で控えていた。樹木の間を吹き抜けてくる風は心地よかった。読経の声を聞きながら、改めて、滝川には金子の話はするまいと腹を決めた。

読経が済むと、控えの間に滝川が姿を現す。誰にも言えないが、廊下から衣擦《きぬず》れの音が聞こえてくるとわずかに胸がつんと痛んだ。

襖が開かれた。相変わらず美しい。打掛《うちかけ》から微かに漂う伽羅《きゃら》の香が、鼻をくすぐってきた。

「当主の座に就いて、気持ちは変わりましたか」

向かい合い、祝いの言葉の後で滝川は早速そう言った。気さくな言い方だが、それは相手が正紀だからで、それも二人だけのときに限られる。

大奥御年寄ともなれば、普通は小大名など相手にしない。

「肩の荷が、重くなった気がいたします」

そこは正直に言った。

「宗睦どのは、正紀どのがよくやっていると仰《おお》せでした」

伯父が、そう言っているというのは意外だった。宗睦と滝川が、自分を話題にしたのも驚きだ。

不忍池畔《しのばずのいけほとり》の料理屋で、共に食事をした。滝川の好物が膳に並んだ。高価な鰹《かつお》が目を引いた。この時季高岡藩では、膳に載ることのない魚だ。

登城して、あれこれ戸惑った話をした。正国の容態についても、問われたので答えた。今日になって、正国の症状は落ち着いた。正紀は胸を撫で下ろした。だから、昨日の発作については触れなかった。

「大事にな」

という言葉があった。

藩の分断のことや、詫間塩のことには触れなかった。金子のことは、求めないまでも話題にしようかと悩んだが抑えた。触れると、足りていないという話になる。

話題として、京の懐妊については伝えた。ただ京は、それをまだ公にしたくないと考えていることも話した。

「一度流産をしていれば、そうでしょうな」

滝川も、武家の妻女の懐妊がいかに御家の大事かは分かっている。

「女子《おなご》も、戦っておりますぞ」

そう言われて、胸に響いた。心に負担がかかれば、またしても流産となってしまうかもしれない。

「いかがか。京どのに会いたいが、できぬであろうか」

滝川には、気まぐれなところがある。

「京もお目にかかりたいと話しておりました。しかし芝居はよろしいので」

大の芝居好きなのは分かっている。江戸では人気の出し物だ。

「かまいませぬ。京どのに会う方が楽しい」

懐妊の話は一切しないと付け足した。

「されば」

高岡藩上屋敷へ連れて行くことにした。尾張藩の警護の者たちに伝えた。屋敷には、境内《けいだい》で控えていた源之助を走らせた。京は慌てるだろうが、喜びもあるはずだ。

お忍びだから、藩邸には裏門から入った。

「ようこそお越しくださいました」

奥の式台では、京が出迎えた。貰った螺鈿細工の簪を髪に挿《さ》していた。

「以前には、世話になりました」

滝川は、出女の折の礼を口にした。簪が似合っていることにも触れた。

客間に入って、少しばかり三人で話をしたところで、滝川が言った。

「女子《おなご》同士の話ができませぬか」

京と二人だけで話したいらしい。二人で顔を見合わせて笑った。奥勤めの者とはできない話もできるだろう。

「もちろんでござる」

正紀は遠慮した。半刻余り話をして、滝川は引き上げることになった。

「楽しかったですよ」

「私も」

滝川の言葉に、京が返した。

寛永寺まで、正紀は送った。途中、詫間塩の件が頭に浮かんだが、金子のことは話さなかった。

「藩主として、お励みなさいまし」

御忍《おしの》び駕籠《かご》から降りたところで、滝川が言った。庫裏の入口で別れた。

屋敷に戻った正紀は、京に問いかけた。

「どのような話をしたのか」

気になった。

「いろいろ。茶の湯の話などもいたしました」

京は、茶の湯を嗜《たしな》む。滝川ももちろん嗜むそうな。そして正紀は問いかけられた。

「滝川さまに、懐妊の話をなさいましたか」

と言われて、どきりとした。

「何か言われたのか」

「いえ、何も。でもお気づきになられたのかもしれませぬ」

「ほう」

「話している途中、一度胸のむかつきがありました」

「そうか」

「気遣ってくださいました」

「あの方らしいな」

「察しのよい賢い方でございます」

この一件はこれで済んだ。しかし詫間塩に関する初期費用については、何の進展もなかった。

第四章　闇の川

一

　滝川が高岡藩上屋敷を訪ねた翌四月十三日、ついに丸亀藩に返答をしなくてはならない日となった。暮れ六つの鐘が鳴るまでのことだ。

　前金五十両の用意ができないまま、朝を迎えた。

　佐名木は浜松藩江戸家老の浦川に呼ばれた。互いに江戸家老とはいっても、本家浜松藩主正甫の後見役を務めているので、佐名木にしてみれば、来いと言われれば行かなくてはならない。

　嫌な気分になった。井上一門で打ち合わせるようなことはなかった。下妻藩からは、誰も呼ばれていない。

「高岡藩にだけ、何か難題を押し付けてくるのか」

と警戒をした。

虎御門《とらごもん》内の浜松藩上屋敷も、青葉に覆われていた。今年初めて、揚羽蝶《あげはちょう》の飛ぶ姿を見た。初夏の日を浴びて飛ぶ蝶の姿は眩しいが美しい。佐名木は少しの間立ち止まって、羽ばたく様に目をやった。

通された部屋は、藩主の謁見の間で、浦川と共に正甫も姿を見せた。佐名木は平伏した。

「正紀殿は、つつがなく政務につかれておいでか」

「まさしく、その通りで」

「ならば重畳《ちょうじょう》」

それで正甫は、部屋から出た。正甫の話に中身はない。ただ浦川がする話は、承知をしているぞという意味になる。謁見の間に入れたのは、心して聞けよということだ。

ここで居住まいを正した浦川が、口を開いた。

「過日、杉尾善兵衛に斬りかかった岡下某《なにがし》を、捕らえることはできたのであろうか。

あれから日にちも、だいぶ経つ」

案じている顔だが、それは演技だ。

「いえ、まだで」

深川六間堀の中屋敷に隠していることは、分かっている。確認ができないので明らかにしないだけだ。

中屋敷については、そのまま源之助と植村に見張らせている。

「早く捜し出さぬと、示しがつかぬのではないか」

「さようでござるが」

狸《たぬき》めと思いながら、佐名木は浦川の言葉を聞いている。深川六間堀の中屋敷に匿っていながら、何を言うかと腹の中で思った。確認はできていないが、いるのは間違いないとの判断だ。

「藩内では役務の異動があり、不満が広がった。ゆえに人心が揺れていると聞いた。その中で起こった不祥事でござろう」

あえて「不祥事」という言葉を使っていた。

「………」

佐名木は、否定も肯定もしないで聞いた。こういうとき、余計なことを言うのは禁物だ。揚げ足を取ってくる。

藩内が割れているのは明らかだ。

「岡下がなしたことは、許せぬが、仕方がないとする家中も少なからずいるようではないか」

ここまで言って、浦川はため息を吐いた。憂《うれ》えていると見せたつもりだろう。そのまま続けた。

「藩主は、藩士に不満を持たせるような政をしてはなるまい」

本家と分家の家臣の間では、血縁や姻戚関係にある者が少なくない。日頃の交流がある。そこから藩内の不満が伝わってくるのだと浦川は言った。

「老人どもは、いろいろなことを申すゆえなおさらだ」

「けしからぬ、ということでございまするか」

「案じている、と受け取るべきであろう」

「何を案じるわけで」

浦川に向ける自分の眼差しが厳しくなったのが分かった。向こうもそれに気づいたようだ。

「正紀様は、藩をまとめることができぬ御仁だと、評判が立つことでござる」

そのようなことはないと思うがと、わざとらしく言い足した。

悪しき評判は、浦川の配下が立てているのではないかと言いたいくらいだ。ただ何であれさらに広まれば、藩内の動揺は大きくなる。人の心は、移ろいやすい。

いずれは幕閣にも伝わるだろう。

減封《げんぽう》や国替えなどがあったら、せっかくの高岡河岸は他家の手に渡ってしまう。

そして浦川は話題を変えた。

「これは噂だが、正紀殿は、商人もどきの真似をなさろうとしているとか」

竹中から蜂谷を通して聞いたことは分かっている。今日の話の要諦《ようてい》はこれかと、佐名木は見当をつけた。

「藩財政の逼迫を、補うためでございまする」

これは悪いことではない。本家浜松藩でも、藩財政は楽ではないと聞いていた。そのまま続けた。

「漆《うるし》を作らせたり織物を盛んにさせたりする藩もありまする。塩も作る藩があって、売る藩があってもおかしくはありますまい」

どうせ詫間塩と分かっていると思うので隠さなかった。高岡は、新たに何かを作ることはできない土地だ。ならば納屋を使わせ、品を仕入れて売るしかない。

「それはそうでござろう。しかしな、大名家が商人と張り合うのは、いかがなものであろうか」

それを言われるのは心外だった。そもそも物を売り買いするとは、そういうことではないか。売り切るか、在庫を残すかの問題だ。しくじれば、首を絞めてくる。だがそれは、浦川に話しても分からないだろう。

「張り合うですと」

「さよう。塩を仕入れようとしていた深川の商人が、困惑をして当家に申し入れをしてきた」

「ほう」

「商いゆえ仕方がないことながら、丸亀藩の上の御仁と結託して、決まりかけた話を持っていかれたとか」

「まさか」

「話を聞いて、不正ではござらぬが、ちとやりすぎではと案じた次第だ」

井上一門のすることではないと言いたいらしい。

「では、どのようにすればよろしいので」

「商人に、譲ってはいかがか」

「そのつもりは、ござらぬ」

佐名木は即答した。恥ずかしいことはしていないという自負があるからだ。さらに続けた。

「そもそも一介の商人の申し入れを、ご大家が受け入れることもありますまい。聞き流せばよろしいのでは」

佐名木が言うと、浦川は嫌な顔をした。

「もちろんだが、声があるということを忘れてはならぬ。小さな声でも、集まれば大きくなるゆえな」

「それはもっとも」

「高岡藩は、割れておる。正紀様が手を下すべきは、そちらではないのか」

「ご意見、承《うけたまわ》り申した」

言い合っても仕方がない。ただ手を引くとは言わない。今後、これで攻めてくるのだろうとは思った。

手を引けば、二割の禄米の借り上げを終えることはできない。ただ前金の用意は、今日になってもできていなかった。正念場だった。

二

虎御門内の浜松藩上屋敷を出た佐名木は、深川海辺大工町へ足を向けた。桑島屋の店の前に立った。小名木川の川風が、吹き抜けていった。材木や俵物を積んだ荷船が、行き過ぎてゆく。

桑島屋がどのような店か、検めておきたい。

浦川の言う通り、申し出た声をただ聞き流すつもりはなかった。敵と手を組んでいる虞《おそれ》があるなら、なおさらだ。

悪意が感じられた。高岡藩に不満があっても、わざわざ本家の浜松藩にまで、苦情を告げには行かない。普通なら門前払いを食わされる。

間口五間の店舗は、界隈では大店といっていい。行徳塩や川崎の大師塩などを扱う問屋だと、屋根の木看板に記されていた。

見ている間にも客の出入りがいくつもあって、繁盛している様子だった。店の中を覗いて、主人八郎兵衛《はちろべえ》の顔を確かめた。客と話をしていた。時折笑みを浮かべるが、精悍な表情だった。したたかにも見えた。

店の前にいた小僧に訊いた。

「ここでは、西国からの下り塩は扱わぬのか」

「今は扱っていません」

いきなり侍に問いかけられて驚いた様子だが、返事はした。

「これからは」

佐名木は穏やかな口調にした。

「扱うかもしれないとは、聞いたことがあります」

どこからの品なのかなど、はっきりとは分からない。小僧では、商いの詳細は知らされないだろう。

一軒置いた隣の味噌醤油問屋の前に、手代とおぼしい前掛け姿の者がいた。おひねりを与えて桑島屋について問いかけた。

「旦那さんは三代目ですが、先代から引き継いだ店を大きくしたと聞いています」

「やり手ということだな」

「はい」

「ならば強引でもあるわけだな」

「さあ、どうでしょう。商いには厳しいと聞いています」

それくらいでなければ、親から引き継いだ店をさらに大きくはできないだろう。町内では、旦那衆の一人として月行事《がちぎょうじ》なども務めたとか。

「人望があるのだな」

「悪く言う人はいません」

無理をして言っているとは感じなかった。

「店の様子に変わったことはないか」

「そういえば、昨日の夕刻、ご浪人の方が店にお入りになりました」

主人八郎兵衛と親し気に話をしていたとか。浪人者を近づけるなど、珍しいことだという。

「見るからに強そうな方で」

と言い足した。

「用心棒か」

「そうかもしれません」

「用心棒が必要な、何かがあるのか」

「さあ、用心棒ではないかもしれません」

はっきりしたことは分からない。しょせんは他所の店の出来事だ。

他にも桑島屋について木戸番などで訊いたが、評判は悪くなかった。

「気さくな方ですよ」

外面《そとづら》はいいのだろう。

しばらく店の様子を見ていると、商家の主人らしい中年の男が出てきた。卸先《おろしさき》の小売りの主人だと察せられた。河岸の道を歩いて行く。

佐名木はこれをつけた。店から離れたところで、主人ふうに声をかけた。

「桑島屋から、仕入れをしているのであろうか」

ここでも気さくな口調にしている。

「さようでございますが」

いきなり声をかけられて驚いたようだが、佐名木の身なりを見て怪しい者とは感じない様子だった。

「あそこは、江戸の海から拵えた塩を扱っていると聞いたが」

「はい。うちではそれを仕入れております」

「では西国の塩を仕入れるという話は聞かぬか」

「さあ、存じませんが」

そうなると、尋ねることはなくなった。

「いや、手間を取らせた」

主人と別れた。

浦川は、桑島屋が自ら浜松藩を訪ねて来たような言い方をした。詫間塩を何としても仕入れたいと考えているならば、それも頷ける。しかし浦川が蜂谷あたりを使って、桑島屋へ働きかけた可能性もあると考えた。

屋敷へ来たというのは、作り話かもしれない。

桑島屋の思惑を知ったら、それなりの企みはするだろう。丸亀藩の井村が、わざわざ店へやって来るのを、竹中が見ていた。

だから確かめたかった。

さらにしばらく店の様子を窺っていると、今度は三十前後の主人ふうが出てきた。佐名木はこれもつけ、声をかけた。

前と同じことを問いかけた。

「下り塩を扱いたいという話は、聞きました」

来月末あたりには、仕入れられると話したそうな。どのような事情があるかは知らないが、客によっては、声掛けをしていたようだ。

「どこの品であろうか」

「讃岐の、詫間塩だそうです。嘗めてみましたが、なかなかのものでした」

「値は」

「一石二十匁でした」

口ぶりからして、その値に不満はなさそうだった。西国からの輸送の値が上がっているのは承知しているようだ。下り塩の値は、徐々に上がっている。

「では、仕入れることにしたのか」

「はい。そういう話になりました」

「売れると、見込んだわけだな」

「それはもう」

「他にも、話しているのであろうか」

「売る気でしたからね。話に乗りそうな相手には、勧めたのではないでしょうか」

「なるほど」

桑島屋の顧客に、値を決めて卸すと告げていたら、もう後には引けないだろう。これで仕入れられなくなったら、商人として一気に信用を失う。

八郎兵衛は、ぼんくらではない。

手を引けば十両の金子をつけると言ったり、浜松藩に願い出をしたりしたわけも納得がゆく。蜂谷から話を持ちかけられたのなら、喜んで乗っただろう。

念のため、先ほどとは違う小僧に問いかけた。

「昨日、一昨日あたりで、主持《しゅうも》ちの侍が訪ねて来なかったか」

浪人者なら一度あったと、味噌醤油問屋の手代が言った。それとは別の話だ。

「おいでになりました」

「やはりいたか。どのような者であったのか」

「歳は十八、九、でしょうか」

顔形を訊くと、蜂谷のそれだった。丸亀藩の井村ではない。

店先ではなく、奥で主人と話したとか。

「丁重な扱いをしたのだな」

浪人者が現れたのは、蜂谷よりも後だ。

桑島屋と蜂谷たちが組んで、何かを企んでいるのは間違いない。

佐名木は正紀に急ぎ報告をすべく、高岡藩上屋敷に足を向けた。

三

同じ日の昼下がり、丸亀藩の井村から正紀へ知らせがあった。

「何事か」

また桑島屋へ品を回せという話かと思ったら、そうではなかった。詫間塩を載せた樽廻船が、下田へ到着したという知らせだった。

よほど天候に異変がなければ、二、三日中には江戸へ入津するだろうという話だった。

「そうか。いよいよ来たか」

声になった。胸が躍ったわけではなかった。

今日中に丸亀藩へ前金を払い、仮置きの納屋と関宿などへ運ぶ手筈を調えなくてはならなかった。これはこれで忙しい。

さらに何よりも肝心なのは、前金などの初期費用の残りの五十八両を用意しなくてはならないことだった。

どうすればいいか、皆目《かいもく》見当がつかない。しかしときは、刻々と過ぎてゆく。

「滝川様がお見えになったとき、頼んでおくべきだったか」

と後悔したが、後の祭りだった。また少しの間でも、正紀はそういうことを考えた己を恥じた。

ともあれ、青山を呼んで、江戸での仮置きの納屋の手筈を調えるように命じた。

「すでに、いくつか当たっております」

「そうか」

期限が迫っているのは確かだから、杉尾と橋本の二人はそちらの面でも動いていたようだ。岡下に斬られた杉尾の傷も、徐々に快復していた。

一時置きだとはいっても、できるだけ安くて、一か所にすべて置ける場所を探すとのことだった。

「それでよかろう」

「荷船は濱口屋でよろしいでしょうか」

「うむ。あそこならば、割安で運んでもらえるのではないか」

樽廻船は、品川《しながわ》沖に停まる。そこから運び出すのは、ご府内輸送の分家幸次郎の船だ。遠路は本家に頼む。

「ではそちらは、それがしが参ります」

「そうだな」

問題は金子だった。なんであれ五十両以上なくてはならない。困惑したとき、正紀は京と話をしたくなる。度々襲ってくる吐き気や不快感と戦っているが、話は聞いてくれる。

奥へ行こうと腰を上げたところで、病間の正国から呼び出しがあった。

「体の具合が悪いのか」

どきりとして、正国付きの近習に尋ねた。

「そうではないようで」

ともあれ向かった。

正国の顔色は悪くはなかった。息遣いも正常で、まずは安堵した。具合が悪いと、顔は土気色《つちけいろ》になる。

「詫間塩の件は、どうなっておるか」

正紀が枕元に座ると、問われた。先日小さな発作があって治まった後に、塩の話をした。そのことが頭にあったらしかった。

「はっ」

金子のことを除く、ここまでの詳細について改めて伝えた。

「まずまずだな」

「さようで」

　と答えたが、覇気《はき》のない声になった。そこで新たな問いかけをされた。

「金子の面は、いかなるや」

　先日、金子の用意に追われていることは伝えていた。その話をしないから、なおさら気になったのかもしれない。

「何とか」

　そう言うしかなかった。素直に話して、また発作を起こされては困る。

「まことにか」

　厳しい目つきになった。どうやらお見通しらしかった。

「実は」

　病床の相手に言うのは気が引けたが、話を進めるためには五十両以上が早急に必要だと答えた。

「やはりな」

　やや考えるふうを見せてから、正国の近習を呼んだ。隠していたことを、責める気配はなかった。

「登城の折に腰にしていた脇差を持て」

頷いた近習は、すぐに錦《にしき》の袋に入った脇差を持って来た。

「検めてみよ」

「はっ」

ここでなぜ脇差か分からないが、受け取った。袋から取り出すと、見事な造りの脇差だ。腰に差していたのを見覚えていた。

「抜いて刀身を検めてみよ」

「では」

近習に部屋の戸を閉めさせた。そして火の灯った燭台《しょくだい》を持って来させた。室内の明かりは、燭台の一つだけになった。

正紀は刃を上にして、刀身を一気に引き抜いた。光に向けて、刃先をかざした。刀剣の鑑定は、光源を一つにする。複数の光を受けると、それが刃に乱反射して確かな鑑定ができなくなるからだ。

「これは」

しっとりとした風韻《ふういん》がある。微かな瑕瑾《かきん》も窺えなかった。なかなかの業物《わざもの》である。華やかな丁子刃《ちょうじば》に目を引かれた。見つめていると気持ちが吸い込まれてゆくようで、それは快感だった。

正紀も、前から刀剣には関心があった。尾張藩が所持する名刀を、何度も見せてもらった。

どれも見事だったが、今見つめる脇差はそれらに劣らない。

「石堂常光《いしどうつねみつ》の作だ」

「なるほど」

正紀でも名を知っている江戸初期の刀工である。

「父上より、拝領いたした」

尾張徳川家の先代藩主宗勝からの、拝領の品となる。

「これで足りぬ金子を、借りればよい」

「しかしそれでは」

拝領の名刀を売るなど、とんでもない話だ。

「いや、売るのではない。のちに金を返し、取り戻せるならばそれでよかろう」

正国の厚意が胸に染みた。取り返せなくなっても、おそらく苦情は言わないだろう。

「井上家と家臣のために役に立つならば、それでよい」

正紀の政がうまくいくことを、正国は願っている。病《や》んでいても、気持ちは高岡藩と共にある。その思いが身に染みた。

「かしこまりましてございます」

正紀は脇差を捧げ持った。

病間を出た正紀は、青山に刀剣商を呼ばせた。

「急ぎの用だ」

やって来た中年の主人に、脇差を検めさせた。

「なかなかの業物でございますな」

来歴は話さない。ただ家宝の品とだけ伝えた。部屋を暗くし、光源を一つだけにした。

主人は刀身を見ただけでなく、目釘《めくぎ》を抜いて、茎《なかご》も検めた。舟形のそれには、刀工の銘《めい》が切られていた。

「仰せの通り、石堂常光の作に間違いありません」

と頭を下げた。

「いかほどで引き取れるか」

刀身に目をやりながら、主人はあっさりと言った。

「八十五両でいかがでございましょうか」

聞いて驚いたが、顔には出さない。話次第では、さらに額は上乗せするだろうと察した。けれどもそれはしない。

「五十八両としよう」

「それは」

主人は不思議そうな目を向けてきた。

「売るのではない。これを担保に、金子を借りるのだ。もちろん利息は払う」

一月《ひとつき》以内に返済できると伝えた。取り立てのことさえなければ、金は返せる。不安はなかった。

「かしこまりましてございます」

刀剣商は店に戻り次第、五十八両を届けると言った。

四

正紀は、屋敷へ戻った佐名木に、正国の脇差の件を伝えた。

「さようでございましたか。大殿様には、ありがたいことでございます」

話を聞いた佐名木は頭を下げた。

「荷が着いたら受け取り、無事にかの地へ送り届ければ事はなるぞ」

久々に気持ちが弾んだ。

「さようではございますが、気になることがございます」

佐名木は、浜松藩邸で言われたことや桑島屋まで出向いて見聞きしたことを話した。

「なるほど、話をぶち壊そうという腹か」

「注意は肝要かと存じます」

詫間塩の一件がうまくいけば、反正紀派の者たちの見方も変わる。浦川らにしてみれば話を壊したいところだろう。

京にも、金子が調ったことを伝えた。

「さすがは、尾張家のお生まれでございますね」

一門といっても、本家との血の繋がりは濃い。

「あなたさまは、その次でございます」

「そうだな」

正国は当主の弟だが、正紀は甥だ。

とはいえ宗睦は、正紀に力を貸してくれている。詫間塩の買い付けにあたって、久世家に口利きをしてくれた。

昨日滝川の世話役を急に任されたのも、力になってもらえるかもしれないとの含みがあったからではないかと、今になって思い至った。

睦群は、宗睦が正紀をいずれは奏者番にしたいと考えていると、話したことがあった。重い役目だから、やってみたい気持ちがまったくないわけではないが、今はそこまで考えない。分断した高岡藩の地固めを急ぐことが、一番にやらなくてはならないことだった。

刀剣商が、五十八両を持参した。

「よし。では参ろう」

すぐに正紀は、青山を供にして、愛宕下の丸亀藩上屋敷を訪ねた。暮れ六つの鐘が鳴る四半刻前に、屋敷内に入ることができた。

「何とか間に合いましたな」

青山が、ほっとした顔で言った。正紀を補うべく、これまでは前向きな言葉を発していたが、不安はあっただろう。廻漕河岸場奉行になって、初のお役目だ。

「ようこそお越しくださいました」

井村が顔を見せた。

「いやいや」

「お見えにならないかと存じておりました」

井村は慇懃に迎えたが、眼差しには冷ややかなものを感じた。現れないことを望んでいたに違いない。五十両を用意できたことに、驚いている気配もあった。

高岡藩に金がないことは、蜂谷あたりから聞いているかもしれない。井村が桑島屋と繋がっているならば、高岡藩の内情については耳にしていると思われた。

「大きな売買になりまするが、よろしいので」

「もちろんだ」

「桑島屋へお譲りになれば、先日お話しした十両の他に、もう十両上乗せすると主人は申しておりますが」

この期《ご》に及んで井村がそれを口にしたのは驚いた。

「くどいぞ」

正紀は即座に返した。

五十両と引き換えに、受取証を得た。そして今後の詫間塩の売買に関する約定を記したものに、正紀が署名した。京極高中の署名はすでにしてあった。

二通作り、丸亀藩と高岡藩で一通ずつ持つ。さらに井村は、船頭に渡す塩の引換証を寄こした。

「下田湊を出た勝運丸《しょううんまる》は、早ければ明後日にも品川沖に着きまする。到着日がはっきりしたらば、改めてお知らせをいたします」

「うむ」

勝運丸は西国からの荷を下ろすと、すぐに江戸の荷を積んで西国へ向かう。江戸に滞在するのは、二日か三日だろうと付け足した。西宮《にしのみや》の船問屋の船だとか。

丸亀藩上屋敷を出た正紀は、濱口屋の分家へ幸次郎を訪ねた。藩邸から汐留川河岸の濱口屋分家はすぐ近くだった。

暮れ六つの鐘が鳴った後の船着場は、どこも閑散としている。空の荷船が、並んで繋げられていた。水面《みなも》が揺れると、合わせて小さく揺れる。昼間は品の出し入れで活気があった商家も、すでに戸を立てていた。

幸次郎に会った正紀は、品川沖からの荷送りの件を依頼した。

「高岡藩の御用ですからね、お安くやらせていただきますよ」

「助かるぞ」

「それでいつで、どれほどの量でしょうか」

「荷船が着くのは、明日か明後日であろう。量は千石だ」

「それは」

驚いた後で、険しい顔になった。濱口屋分家の荷船はご府内輸送だから、一番大きくても百石の船だ。すべてを動員しなくては運べない。

「全部は無理でございます」

運ぶ気持ちはあっても、いかにも急な話だった。他にも、すでに約定のある荷を運ばなくてはならなかった。こなせるのは、六割程度だと付け足した。

「他も、お考えいただけますでしょうか」

幸次郎の言うことは、もっともだった。

「抜かったな」

正紀の言葉に、青山は頷いた。塩の売り先と初期費用のことばかりに頭が行っていて、考えが回らなかった。

濱口屋に当たれば、何とかなると考えていた。

「ならば、本家の方はどうか」

正紀と青山は、深川仙台堀《せんだいぼり》伊勢崎町の濱口屋の本家へ向かった。ちょうど大型の空の荷船が停まっていた。

夜でも幸右衛門は、気持ちよく正紀を迎えた。向かい合うと、早速詫間塩を仕入れるにあたっての段取りを伝えた。

関宿などへ品を運ぶ荷船の、都合を訊いたのである。

「今停まっている船は、明朝繰綿を積んで江戸を出ます」

「塩は積めぬな」

幸右衛門の答えを聞き、正紀はため息交じりに言った。

「申し訳ありません」

「では次の船は」

「三日か四日後になります」

それならば、乗せられそうだ。江戸で数日納屋へ置くのは、すでに織り込み済みだった。

「ただ千石を積むとなると、その次になるかと存じます」

「なぜか」

「それに載せる荷は、すでに決まっておりますゆえ」

載せられるのは、さらに三、四日後の船だとか。濱口屋は廻船問屋としては大きい方だが、毎日荷船が出るわけではない。四、五日ないのは、常のことだと言われた。

「ううむ」

長くなれば、納屋を借りる期間も延びることになる。

「納屋の方は、どうであろうか」

杉尾と橋本の動きが気になった。昨日の段階では、三つに分ければ可能だが、千石分を一度に置ける納屋は見つからないと言っていた。二か所以上だと、荷を一つにする分だけ手間がかかる。

改めて手を打つ必要がある。荷船の手当てを急がなくてはならない。

すでに夜も深まりつつあった。正紀らは、下谷広小路の高岡藩上屋敷へ戻った。

正国には、前金を無事払えたことを伝えた。

五

杉尾と橋本が高岡藩上屋敷に戻ってきたのは正紀らが屋敷へ戻ったのと、同じ頃だった。暗くなっても、精いっぱい探していたのに違いない。

「千石をまとめて置ける納屋を探しましたが、明日から向こう四日だけだそうでございます」

杉尾が言ったが、それでは関宿へ運ぶ船の出発日によっては、もう一度動かさなくてはならなくなるかもしれない。

余計な手間と金子はかけられなかった。

「他に六百石と四百石を納められる納屋を見つけましたが、向島《むこうじま》大川河岸と深川大《おお》横川《よこがわ》河岸で離れております」

橋本が別の候補を口にした。

二つ別の場所になるためやや不便だが、橋本が口にした方が実情には合っていた。どちらにしても、急な話だから仕方がなかった。大川橋の北側と、江戸の東の外れだ。他も探したが、条件が悪かった。

「向島と大横川でいきましょう」

青山が言った。仕方がないところだ。

「ならば、明日の朝一番に、話をつけてまいれ」

正紀が杉尾と橋本に命じた。

翌朝早く、屋敷を出た杉尾と橋本が、一刻ほどして息を切らせて戻ってきた。

「向島の六百石の納屋が、使えなくなりました」

「なぜだ」

いきなり、とんでもない話を聞いた思いだ。

「にわかに、当家よりも高値で借りる者が現れたそうで」

期間は同じだとか。こちらが行くよりも、先に話をつけてしまっていた。

「誰か」

「はっきりしたことは言いませぬが、深川の商人だそうで」

年恰好を訊くと、桑島屋のような。そして杉尾は、無念そうに言った。

「そういえば昨日、浪人者につけられていたような気がしました」

後になって思えばという話だ。気がつけば、まくなり捕らえるなりしていた。捕らえれば、やらせた者が誰か分かる。

「なるほど。様子を探って、邪魔をしてきたわけだな」

「向こうも、攻めてきましたね」

正紀の言葉に、青山が返した。

「ならば早いうちに、他を当たろう」

そこへ丸亀藩の井村から、勝運丸が江戸に着くのは、明後日になりそうだという知らせが入った。

正紀は青山、杉尾、橋本を伴って屋敷を出た。向かう先は霊岸島富島町の桜井屋の江戸店だ。本所深川辺の短期で貸す納屋については、すでに杉尾らが当たっていた。他を当たるしかない。

ならば塩商いの同業で訊けば、納屋の使用について何か手掛かりがあるのではないかと考えた。桜井屋の納屋は使えなくても、どこかを紹介してもらえればありがたい。桜井屋には、前に共に商いをすることを遠回しに断られていた。そのことを青山から聞いていた杉尾と橋本は、桜井屋の敷居が高かったようだ。

「はて」

少し歩いたところで、正紀は後をつけてくる者がいるのに気がついた。町人で遊び人ふうの若い者で、こちらと歩調を合わせていた。わざと立ち止まると、歩みを遅くした。

「怪しい者がついて来る。そやつを、捕らえよう」

つけて来る者がいることを、青山らに伝えた。

「どうせ桑島屋に雇われた者でしょう」

青山らも、顔を確かめた。杉尾と橋本が、横道に入った。二手に分かれて、遊び人ふうに近づき、捕らえるつもりだった。

しかしその動きに、向こうは気がついたらしかった。すぐに離れて行ってしまった。

「逃げ足の速いやつだ」

橋本が悔しそうに言った。

「いや、それならそれでかまわぬ。これで桑島屋らに、こちらの動きが摑めなくなったぞ」

一同は、改めて桜井屋へ足を向けた。

桜井屋に長左衛門はおらず、番頭の萬次郎が相手をした。正紀は千石の詫間塩を仕入れたことを伝えた上で、明日以降の数日、六百石の塩を入れられる納屋を知らないかと尋ねた。

「それならば、繰綿の問屋に訊いてみましょう」

桜井屋の納屋には、すでに荷が入っていて使えない。そこで付き合いのある近くの店まで、同道してくれた。

亀島《かめじま》川河岸に繰綿のための納屋を持っている。出荷した後ならば、納屋は空いているはずだと言われた。

「今は空ですが」

繰綿問屋の主人に言われてほっとしかけたが、続きがあった。

「明後日には荷が入ります」

それでは、借りられなかった。都合よくはいかない。

「では、下り酒問屋へ行ってみましょう」

ここも萬次郎が親しくしている店で、千石を入れられる納屋を持っていた。

「酒樽と一緒に入れることになりますが、よろしいでしょうか」

「置ければそれでいい」

しかしここは、すでに七割方酒樽で埋まっていた。

萬次郎はさらに二軒で訊いてくれた。百石や二百石なら置けたが、それではいくつも借りなくてはならず、置くのにも出すのにも手間がかかりすぎた。

「適当なものはないな」

正紀が呟いた。するとここで、杉尾が口を開いた。

「藩の下屋敷が、本所の東外れにあります」

本所の東、十間《じっけん》川に近い柳島《やなぎしま》村だ。

「うむ」

「建物は、ずいぶん広かったように存じますが」

前に勤番だった頃に、何度か行っているはずだった。敷地は五千坪以上あって、手入れの行き届かない古い建物があるのは確かだった。藩士数名が管理している。

「ほう」

正紀は、杉尾の言わんとしていることが分かった。下屋敷には母屋だけでなく、離れやお長屋、土蔵、納屋などもある。

「濡れなければよしとすれば、置けるのではないでしょうか」

青山が答えた。

「そうだな。あそこは十間川にも近いので、荷の出し入れにも不便はないぞ」

こんな手があったのかと、正紀は驚いた。

塩俵は濡らしさえしなければ、どこへ置こうとかまわない品だ。これならば、納屋代もかからない。

「それで行こう」

ということになった。

「後は、船ですね」

橋本が言った。この手筈が調えば、受け入れの支度は万全だ。荷運びには、藩士を使ってもいい。

すると萬次郎が、橋本の言葉に応じた。

「ご府内用でしたら、何艘か用意できるかと」

「まことか」

桜井屋も江戸と本拠地の行徳を結ぶ百石船を持っている。この二、三日ならば、江戸にあって使えると言った。また繁忙期《はんぼうき》に桜井屋が使うご府内用の船問屋があるというので、口利きをしてもらった。

「お代さえいただければ、船を三艘、明後日ならば、お使いいただけます」

段取りが調った。

六

同じ日の夕刻、深川六間堀河岸では、源之助と植村が浜松藩中屋敷を見張っていた。岡下が逃げ込んでいるのは間違いない。ただ早朝から夜まで見張りを続けているが、姿を見せることはなかった。

昨日と今日、浜松藩士や中間は何人か出入りしたが、下妻藩の蜂谷は姿を見せなかった。

「動きませんね」

焦《じ》れた口調で、植村が源之助に言った。この数日、見張っているだけで一日が終わってしまう。

門が見渡せる民家の納屋を借りていた。狭い中で日がな一日潜んでいるのは、窮屈だ。植村は巨漢だから、なおさらだろう。

「しかし浦川らは、何のために岡下を置いているのでしょうか」

「まことに」

植村だけでなく、源之助も気になるところだ。

「高岡の藩士の一部が不満を溜めています。岡下を使って、さらに煽ろうというわけでしょうか」

あからさまにはないが、不満分子がこそこそと話をしている姿を、源之助は何度も目にしている。植村は、「外様のくせに」と言われた。

「声をかけても、気づかぬふりをされます。どうでもよいことならばかまいませぬが、伝えねばならぬときは困ります」

植村の外様扱いは、あからさまになっているようだ。

すでに薄闇が足元を覆っている。人通りは多くないが、それなりにある。

「おおっ」

源之助は声を上げた。深編笠の侍が現れたからだ。目を凝らした。侍は通り過ぎず、中屋敷の門内に入った。

「あの着物の柄は、どこかで見ましたね」

顔は見えなかったが、着物の柄には見覚えがあった。

「あれは、蜂谷のものではないですか」

植村が返した。

「いよいよ、動くかもしれません」

待っていた甲斐《かい》があった。岡下と連れ立って出てくるような気がして、腹の奥が熱くなった。

そして四半刻後、深編笠の侍が二人出てきた。もう暗くなっていた。

「あれですね」

生唾《なまつば》を呑み込んだ植村が言った。蜂谷と岡下だと思われた。

二人は六間堀の河岸道に出た。どちらも提灯を持ってはいない。源之助と植村は後をつけた。

少し歩いたところで、向こうから提灯を持ったお店者《たなもの》ふうが歩いてきた。すれ違ったとき、岡下とおぼしい侍の姿が照らされた。

二人の着物の柄が見えた。

「はて」

そこで源之助には、小さな疑問が湧いた。一人の柄は蜂谷に違いない。けれどももう一つには見覚えがなかった。

「あの着物の柄は、岡下のものでしょうか」

ちらと見ただけだ。藩邸にいたときもじっくりと見たわけではなかった。ただ違うような気がしたのである。

着物の柄が見えたのは、ごく短い間だけだった。

「まさか」

それでも、源之助はどきりとした。

「そのままつけてください。それがしは、もう一度、中屋敷へ戻ります」

もし見張っていることに気づかれていたら、つけられると考えるだろう。ならば蜂谷と浜松藩士を囮《おとり》にして、こちらを門前から離そうと考えたとしてもおかしくはない。

植村に説明をする暇もない。こうしている間にも、岡下はどこかへ行ってしまうかもしれない。源之助は藩邸前へ戻った。

するとすぐに、門扉の脇にある潜り戸が開かれた。出てきたのは、深編笠の侍だった。

「やはり」

暗くて着物の柄は確かめられないが、岡下だと源之助は思った。

蜂谷らとは反対の、小名木川方面へ歩いた。河岸の道に出ると、西へ向かった。

源之助は、距離を縮めた。声をかけ、顔を確かめたら捕らえるつもりだった。藩にとっては重罪人だ。

しかし深編笠の侍は、こちらの足音に気づいたらしかった。

振り向いて、深編笠をわずかに持ち上げた。

「岡下だな」

源之助は声をかけた。すると深編笠の侍は駆け出した。

「待てっ」

こうなると、岡下なのは間違いなかった。源之助は、足には自信があった。地を蹴った。

徐々に間が縮まる。万年橋《まんねん》が間近に迫ってきた。

このあたりに来ると、人通りは多い。手に手に提灯を持っているから、闇ではない。岡下らしい男は、大川河岸には出ず、橋の下の船着場へ駆け下りた。源之助も続く。

そこには小舟が停まっていた。

中間らしい男が、傍で待機していた。駆け下りてくる侍に気づくと、舟に乗り込み、艪《ろ》を握った。

ほぼ同時に、逃げた男も乗り込んだ。

舟に乗り込んだ男は、艫綱《ともづな》を外した。舟と中間は、岡下を待っていたことになる。大川へ向かって滑り出た。

「おのれっ」

源之助も、船着場へ駆け下りた。周囲を見回すが、舟は一艘もなかった。岡下らしい者を乗せた舟はみるみるうちに遠ざかって、夜の大川に出てしまった。

第五章　樽廻船

一

「いよいよ岡下が、中屋敷を出たか」

源之助から話を聞いた正紀は言った。

植村は、両国広小路の明るい場所に出て、蜂谷と屋敷を出た深編笠の侍が岡下ではないと確認していた。これはこれで大事なことだ。衣服を替えているということも、ないとはいえない。

「見張りの目を晦《くら》ませようとした上に、舟まで用意をしていたのは、周到だな」

「企みがあってのことでございましょう」

同席していた佐名木も言った。正紀の御座所で、顔を合わせている。

「申し訳ありませぬ」

逃がしたことを、源之助は詫びていた。

「見張られていることに気づいていたのは間違いない」

舟で逃げたそれらしい者を見つけただけでも、上出来としなくてはならないだろう。

「いよいよ、岡下の出番がやって来たということでございますな」

正紀の言葉に、佐名木が続けた。詫間塩の売買に動きがあったことで、浦川らも手をこまねいてはいないだろう。

「何に使うのでしょう」

「塩を納めた納屋を襲い、俵を奪うのでしょうか」

源之助と植村が口にした。

「何があっても、対処するしかあるまいが」

正紀が応じた。ともあれこちらとしての残った問題は、関宿まで運ぶ荷船の手当てだった。少しでも早く運び出したい。

正紀はそれを京に伝えた。迷っているときや手立てがないとき、京と話をする。それで問題の整理をした。見えなかった解決の糸口が、ぼんやりとでも浮かんでくることがあった。

京はときに、とんでもないことを口にすることがある。そのとんでもない言葉が、難題を解決する糸口になった。

「荷を運ぶ船でございますね」

京はしばらく考えてから口を開いた。今回は、だいぶ考える間があった。正紀は黙って、言葉を発するのを待った。

「商いの荷を載せる船でなければなりませぬか」

一瞬、何を言うのかと迷った。荷船でなくてもよいかと問われたと気づくのに、一呼吸するほどの間がかかった。

「塩俵を載せられれば、何でもかまわぬであろう」

「では、尾張にそういう船はないでしょうか」

尾張水軍は、何隻もの船を持っている。

「いや、それは」

無理だと思った。さすがに京らしいが、聞いて慌てた。

兵士を乗せるのではなく、塩を載せた船を関宿へやるなどとんでもない話だ。宗睦の、武家としての矜持《きょうじ》が許さない。

また公儀も、黙ってはいないだろう。面倒な騒動になる。突飛すぎて、これでは話にならない。

そこでまた京は、しばらく考え込んだ。

「では西国から来た樽廻船を、関宿にやれませぬか」

「ええっ」

これまた奇抜なことを口にした。

「船頭や水手は、江戸から先へは行ったことがないぞ。また海と川では、船の扱いが変わるのではないか」

「船は船でございます。荒海を越えられる船が、川で使えぬわけがございませぬ」

樽廻船や菱垣《ひがき》廻船は、西国と江戸を結ぶ外海を航行する船だ。

京は顔色を変えない。あっさりとしたものだった。

考えたこともなかったが、言われてみればできないことではなさそうな気がした。

「ううむ」

正紀は腕組みをした。

「関宿までの航路には、江戸川に慣れた元船頭を乗せれば済むのでは」

「しかし行くか。そういう船があるか」

「当たってみなければ、分かりますまい」

「それはそうだが」

「関宿まで、片道二日でございます。四日あれば帰れます」

「なるほど、帰りにも荷を積ませれば、船頭や水手たちの稼ぎになるな」

「ご府内用の問屋に売る分は、下屋敷にでも取り置いて、下妻藩や府中藩絡みの問屋に売る分も、まとめて関宿へお運びになればよろしいのでは」

「なるほど」

とにかく、樽廻船を当たってみることにした。

翌四月十五日は、月次御礼の日で、正紀は行列を調えて登城した。まだ戸惑うこともあるが、城内の様子に少し慣れた。戸惑うことが減った。

正紀は城内で脇坂安董と京極高中に会い、事が進んでいる礼を述べることにした。

高中は伺候席の柳の間にいた。

「互いによき取引になれば何よりでござる」

高中は、事が進んで満足している模様だった。反定信派の小大名でも、長く詑間塩を仕入れるならば、それでいいという判断だろう。松平定信は、いつまでも老中ではない。

多忙な安董に会うのは多少手間取った。廊下での、立ち話となった。

「しっかりと、儲けるがよかろう」

商人のようなことを、安董は口にした。

さらに大廊下を歩いていて、関宿藩主の久世広敦の姿を見かけた。長身で背筋のぴんと伸びた姿は、離れたところからでもすぐに分かった。正紀は傍まで歩み寄った。

詫間塩の卸先について、便宜を図ってもらった。礼を言わなければならない。

立ち話で済むものではないが、見かけた以上は、挨拶をしておきたかった。改めて礼のために屋敷を訪ねるにしても、順調に取引が運んでいることは伝えておくべきだろう。

「久世様」

「おお、井上殿か」

好意的な笑顔を向けた。

「この度は、たいそうお世話になりました。お陰様にて、つつがなく事は進んでおります」

「なれば重畳」

「ご厚情、ありがたく存じまする」

「いやいや、役に立てたのならば何より」

大廊下で長話はできない。それで別れた。ともあれ状況を伝えられたのは、せめてものことだった。


下城後、正紀は青山らを伴って、勝運丸を扱う船問屋の江戸店へ行った。

「後をつけてくる者がいるやもしれませぬ」

源之助と植村が、睨みを利かせた。怪しげな者は、近寄らせなかった。

江戸店の番頭と、明日品川沖へ到着する勝運丸について、打ち合わせをした。

「荷の運び出しは、明後日の夕方までに済ませていただきまする」

これは予想をしていたことだ。

「つかぬことを訊くが、勝運丸はいつ江戸を発つのか」

「荷下ろし後、中二日空けます。その翌日に荷積みをして、その日のうちに江戸を発ちます」

「そうか」

ならば勝運丸で関宿まで荷を運ぶことはできない。可能ならば、移し替えの手間はかからなかった。

「他に、近日中に入津する船はないか」

「十日後ならばあります」

それは中三日で江戸を発つ。これでは、話にならない。

そこで正紀らは、桜井屋の江戸店へ行った。萬次郎に樽廻船を扱う船問屋を教えてほしいと頼んだ。

「いかがなさいますので」

高岡藩には無用だろうという目だ。

「西国からの樽廻船で、関宿まで塩を運ぶ」

「ま、まさか。そんな話は、聞いたことがありません」

正紀の答えを聞いた萬次郎は、目を丸くした。

「確かに、これまではなかったかもしれぬ。しかしな、船問屋も船頭や水手も稼げる話だ。やるかもしれぬではないか」

「はあ」

得心のいかない顔だ。

ともあれ、知っている西宮の船問屋の江戸店へ行った。応対した江戸店の主人に、この数日中に西国から来る樽廻船はないかと訊いた。

「今日、着いたばかりの大進丸《だいしんまる》という船がございます」

明日西国からの荷を下ろし、中五日空けて荷積みをして出航するそうな。それならば、関宿まで行って帰ってくることができる。

「そうか」

聞いて胸が躍った。ここで正紀は、かねてからの計画について主人に話した。

「何ということを」

話を聞いた江戸店の主人は、やはり仰天の顔を向けた。

「そのような話を持ちかけられたのは、初めてでございます」

例のないことではあっても、悪事を勧めたのではなかった。嫌悪の表情ではないと正紀は感じた。

「通常輸送の二割増しを出そう。帰路は何を積もうと、勝手だ。稼げばいい」

「ううむ」

しばし唸《うな》ったところで、口を開いた。

「船頭や水手たちを休ませねばなりませぬ」

「いかにもだが、関宿往復は四日でできる。一日は休めるぞ。銭も稼げるのだから、やるのではなかろうか」

主人は話を撥ねつけなかった。そこで正紀はさらに押した。

「船頭や水手たちに訊いてもらえぬか」

樽廻船は、すでに品川沖に停泊している。船頭たちに話して、「やる」と言えばそれで決まりだ。断られたら、さらに探すしかない。

「分かりました。そういたしましょう」

主人は応じた。

二

早速主人と正紀らは、店の船を使って大進丸まで行った。陸からはやや離れている。白い海鳥が、数羽鳴きながら飛んでいた。

侍たちが現れたので、初め船頭らは驚いた様子だった。主人が正紀を紹介し、話を聞くようにと促《うなが》した。

日焼けした船頭と水手たちが、甲板に腰を下ろした。

「江戸から、川を使って下総関宿まで塩を運びたい」

詫間塩輸送の概要を伝えた。聞いた船頭たちは、苦々しい顔をした。

「どうしてそれを、おれたちに」

「川運びの船が、あるじゃあねえか」

いかにも面倒だ、といった顔だ。他の者も頷いている。

「いや。それがないから、頼んでいる」

下手に出た言い方だ。輸送料を二割増しにすることや、帰りには何を積んでもよいこと、また関宿までの往復には、慣れた元船頭を同道させるとも伝えた。それは萬次郎と杉尾らが探す。当てはあった。

「なるほど」

話を聞いた水手たちの表情が変わった。中五日の停泊なら、できる話だ。また銭が欲しいのは、誰でも同じだろう。

「やってみようか」

水手の一人が口にすると、流れは変わった。

「ひと稼ぎしようぜ」

「川も、面白そうだ」

という話になった。荒波の外海を、航行してきた者たちだ。川輸送を怖れる者は、一人もいない。

詫間塩の大進丸への搬入は明後日の朝となる。明日入津する勝運丸から朝に詫間塩を運び出し、陸の納屋には納めずに、そのまま幸次郎らの船で大進丸に移す段取りだ。

「さっさと、やっちまおう」

荷積みが済んだ大進丸は、日を移さずそのまま出航する。話はまとまった。

「では深川大横川河岸の納屋は、不要になりました」

「そうなるな」

「では、無用になったことを伝えまする」

杉尾が正紀に言った。納屋借用の代金を、少しでも減らしたい思いからだ。

「うむ」

と応じたが、正紀は考え直した。蜂谷らは、明日勝運丸が入津することと、深川大横川河岸の納屋を使うことには気づいている。ならば大横川河岸の納屋を断れば、どうするかと考えるに違いなかった。

大進丸を使うことには気づかれていないはずだが、納屋をそのまま使うと思わせておく方がこちらには都合がよさそうだった。

「そのままといたそう。納屋を見張る者がいたら、見張らせておけばいい」

「ははっ」

杉尾は正紀の意図に気づいたらしかった。

大進丸と話をつけた正紀らは、やって来た船に乗り込んだ。

正紀と青山、源之助と植村の四人は途中の船着場で降りて、汐留川河岸の幸次郎の店へ行った。杉尾と橋本は、江戸川に詳しい元船頭を探す。

汐留川は、今日も荷船で賑わっている。

「明後日でしたら、五艘出せます」

話を聞いた幸次郎は、ぽんと胸を手で叩いた。人足も、十五人程度用意すると言った。

「当家の者も動きまする」

「いやそれはまずい。竹中の耳に入れば必ず蜂谷らに伝えられるだろう」

植村の言葉に、青山が応じた。

「なるほど」

植村も、すぐに頷いた。

次に桜井屋の江戸店の萬次郎とその紹介の船問屋へ行って、明後日の件を改めて依頼した。合わせて四艘で、萬次郎は人足十人を用意すると言ったのは助かった。

一気に段取りがついた。

高岡藩上屋敷に戻って、正紀は荷の積み替えと輸送の手立てを佐名木に伝えた。

青山と杉尾、橋本の三人は、関宿まで大進丸に乗って行く。朝屋敷を出て、船が江戸に戻るまで同道する。これらの件について、廻漕河岸場方以外では井尻と源之助、植村しか知らない。

「しかし何かしてくるのは、明らかだと思います」

「やはり塩を奪うのでしょうか」

青山の言葉に植村が続けた。

「桑島屋は、詫間塩が欲しくて、蜂谷らと手を組んだと思われます」

「盗んでまでもでござるか」

「桑島屋は、すでに店の顧客に詫間塩を売るとして、値まで決めております。もう商人としては、後へは引けないでしょう」

商人としての立場になった、源之助の言葉だった。

「塩には、色がついておりませぬからな。他から仕入れたとすれば、済む話ではないでしょうか」

「おのれ」

植村は忌々《いまいま》しそうな顔をした。

「襲うとして波の荒い海上は、襲いにくいでしょう」

「ならば奪おうとするのは、納屋でしょうか」

夜陰に紛れてならば、手間がかかっても奪えないことはない。

「江戸から関宿へ運ぶ船を狙うこともありますぞ」

「しかし荷を下ろして、陸には上げず大進丸に移すとは、考えないのではないか」

源之助と植村のやり取りに、青山が口を出した。

「それはそうですな。気づかぬでしょう」

「しかも大進丸は、そのまま江戸を出まする。気づいたときには、もう追いつけぬことになっているのでは」

源之助と植村は、うまくいきそうだという表情になった。

「待て」

ここで佐名木が、言葉を挟んだ。そして無言のまま、閉じられた襖に目をやった。

「まさか誰か」

顔色を変えた源之助が、すぐに襖を開けた。しかしそこには、人の姿はなかった。

正紀は、病間の正国と京に次第を伝えた。正国は小康状態で、京のつわりは、昨日今日と軽い様子だった。

三

翌々日の朝になった。いよいよ大進丸に、塩俵を移す。空は曇天で、多少風があった。

「降りますかね」

「どうにか、持つのではないか」

源之助の問いかけに、正紀は空を見上げて答えた。

正紀は、青山と杉尾、橋本、源之助、植村の五人を伴って、高岡藩上屋敷を出た。

剣は駄目な植村は突棒を手にしていた。

竹中には、武具の傷《いた》み具合を調べ、今日中に結果を井尻に伝えるようにと命じていた。屋敷から出られないようにしたのである。

企みがあるとしても、それに加わらせない含みだ。襲撃という大きな罪を犯させないという正紀の配慮もあった。

昨日は勝運丸が江戸に着いたことを、青山ら廻漕河岸場方が確認している。昨日荷下ろしをした大進丸は、空船となっていた。萬次郎の紹介で、江戸川に慣れた元船頭も無事見つかった。

源之助や植村が屋敷周辺を見回ったが、探っているような人影はなかった。移動の間も同様だった。

一行が足を向けたのは、霊岸島の桜井屋の江戸店である。すでに荷移しのための船と人足たちが待っていた。

正紀らは桜井屋の船に乗り込んだ。雨が降ってくる気配はないが、靄《もや》がかかっているように薄暗い。視界がよいとはいえなかった。

「勝運丸や大進丸の居場所が、分からなくなることはないか」

「この程度の空模様じゃあ、ありやせんや」

艪を手にした船頭は答えた。雨でないだけ、幸いだとか。船から降ろす段梯子《だんばしご》が濡れていると、滑りやすくなる。

とはいえ、相変わらず風はあった。海上に出ると、船の揺れが大きい。正紀には、強い風だと感じた。

「荷運びも、無事にできるか」

これは同船している人足に訊いた。海上で大型船から小型船に荷を移す仕事をしている者だ。

「多少手間取ることはありますよ。でもこれなら何とかなりますね」

船中で青山ら五人と話をした。

「納屋までの輸送では、襲わないかもしれませぬ」

「しかしやつらは、勝運丸が昨日着いていることは分かっている。どこに停泊したかは、確かめているのではないか」

橋本の言葉に、青山が答えた。ただ一同の中には、今日襲ってくることはないだろうという気持ちがあった。海上で襲うのは、向こうにしても手間がかかる。

「それがしも、大進丸に乗って関宿まで参ります」

源之助が正紀に言った。船中で襲われるかもしれないと考えてのことだ。植村も頷いている。

「しかし今夜、大横川河岸の納屋をやつらが襲うかもしれぬのでは」

「ならば残って、賊を捕らえていただきたいですね」

と言ったのは杉尾と橋本だ。

「いや、やつらは納屋に荷が入ったかどうかを確かめるだろう」

青山が返した。何百俵もの俵である。運ばれたかどうかは、近所の者に訊けば、すぐに分かる。

　話していると、やはり襲うならば、関宿への輸送中だろうという雰囲気になった。

「襲えないのでは」

　と言ったのは植村だ。

「大進丸は、このまま江戸を出ますする。後で気づいたのでは追えぬのでは」

　話すうちに、薄暗い靄の向こうに大型船の姿が現れてきた。

「あれが勝運丸じゃねえですか」

　船頭が言った。

　傍に寄ると、さすがに大きい。聳《そび》え立つようだった。船首に勝運丸の文字があるのが見えた。

「あそこにいるのが、大進丸ですね」

　橋本が指さしながら言った。見覚えのある船影が、そう遠くないところにあった。

　近づくと、濱口屋分家の幸次郎が手配した船が、すでに集まってきていた。荷運び人足たちも乗っている。

　勝運丸の傍まで寄ったところで、青山が声を上げた。

「高岡藩の者である。塩を受け取りに参った」

「おう」

待っていたらしく、すぐに折り畳み式の段梯子が、ががらと音を立てながら降ろされてきた。正紀と青山が、それで船上へ上がった。

塩俵が、一面に積まれている。すでに幌は外されていた。

荷の受取証を、船頭に渡した。紙を広げて中身が検められた。

「お運びくだせえ」

その声を聞いて青山が船端《ふなばた》から下へ手を振ると、荷運び人足たちが段梯子を使って上がってきた。

「せいの」

掛け声が、あたりに響いた。青山が数をかぞえてゆく。

「気をつけろ」

塩俵を肩に担った人足が、段梯子を降りていった。揺れていても、足取りに不安がないので、正紀はほっとした。移送の荷船に積まれてゆく。大進丸の方にも、人足が控えているはずだった。

荷下ろしには、植村も手を貸した。ただ正紀は、他の者には海を見張れと命じていた。何が起こるか分からないからだ。視界がよくないから、万一襲撃があった場合には対処が遅れる。

最初の一艘が、満杯になった。これには杉尾が乗り込んだ。

満杯になった移送の船が離れると、すぐに次の船が、段梯子の傍に入った。間を置かず、塩俵が積み込まれた。

人足たちは慣れていて、みるみるうちに積み込まれた。満杯になると、大進丸に向かう。

そして待機していた船への荷積みが始まる。

最初の船は、大進丸に着いていた。そこでも段梯子が降ろされていて、人足たちが荷を移し始めていた。

同船した杉尾が指図をしている。岡下から受けた二の腕の傷は、痕《あと》は残ったがだいぶよくなっている。

「無事に進んでいますね」

源之助が声をかけてきた。正紀は、荷運びの様子を見ているだけではなかった。周囲の海に目をやっていた。

あと数艘が運べば終わりという頃になった。

「おやっ」

人を乗せた二艘の船が近づいてくるのに、正紀は気がついた。とはいえ初めは、気にも留めなかった。近くを通り過ぎる五、六十石程度の荷船は、たまにはあった。近づいてくるように見えても、行き過ぎてしまう。

けれども少しして、ただならぬ気配を感じた。

「あの船は、人だけが乗っています」

源之助も気になったらしい。

確かにこちらの船に近づいてきているが、二艘の船首が向かう先は、勝運丸でも大進丸でもなかった。

「あれは、移送の船を目指しているのではないか」

と気がついた。正紀は目を凝らした。

そして乗っている者の姿が見えた。

「侍ではないか」

「まことに」

正紀の言葉に、植村が頷いた。

「蜂谷たちの船ではないですか」

源之助が言ったが、まだ何者かまでは分からない。ただ顔に布を巻いているらしいとは窺えた。

「ここで襲ってきたわけか。やつら、よく気づいた」

驚いたが、それで正紀は、一昨日御座所に集まって話をしていたとき、佐名木が襖の向こうを気にしたことを思い出した。襖を開けたときには誰もいなかったが、やはり誰かに聞かれていたのではないかと考えた。

それならば、竹中あたりだろう。今日は屋敷にいて出られないが、耳にしたことを蜂谷に伝えることはできたはずだ。

「勝運丸と大進丸を繋ぐ船を襲う腹ですね」

「急ごう」

邪魔などさせてなるものか。

「賊が現れたぞ」

青山や橋本にも伝えた。移送は、いったん中止だ。

桜井屋から乗ってきた船に正紀と植村と源之助、橋本と青山が乗り込んだ。杉尾は大進丸にいる。

乗り込んだ船が、大きく揺れて、海上を飛び出した。乗ってきた船は荷船でも小型なので、速力が出る。

「まさかここで現れるとは」

もう少しで、荷積みが終わるというところだ。忌々し気な口調で、青山が言った。

四

近づいてくる二艘の船の姿が明らかになった。各船に六、七人ずつ乗っていて、顔に布を巻いている。浪人者に見えたが、そうではない身なりの者が一人ずつ二艘に乗っていた。また侍ではない町人ふうが一人乗っているのも窺えた。

勝運丸や大進丸には、見向きもしない。

「あれが蜂谷、もう一人が岡下ではないですか。町人は桑島屋でしょう」

同乗している植村が指さした。

「塩を奪うならば、大進丸を狙うのではないでしょうか」

と口にしたのは、源之助だ。けれども初めから見向きもしていない。

「ともあれあの船に近づこう」

正紀は、岡下らしい者が乗る船を目指した。七、八十石を積む船でも、二艘奪われたら、その分品が届けられなくなる。すべてではなくても、届けられない問屋が出る。

買い手の問屋のほとんどが、関宿藩と府中藩、下妻藩が口利きをした問屋だ。

「そうか」

正紀は気がついた。やつらにしたら、千石を奪う必要はない。二百石足らずでも、高岡藩が品を納められないという事態になれば、それでやつらの望みは達せられる。

仕入れをする問屋を紹介してくれた三藩だけではない。丸亀藩からも信用をなくす。いやそれだけではないだろう。その話は、幕閣や諸大名にも伝わる。

高岡藩は、いい笑いものだ。正紀の不始末として、責める発言をする者が増えるだろう。

そもそも大名たちは、高岡藩が商人もどきの真似をするのを、面白く思っていない。それこそ浦川や正棠の思う壺《つぼ》ではないか。

邪魔はさせない。

「船首をぶつけろ」

正紀は声を上げた。行く手を遮るように、船を近づけた。

しかし賊の船の方が、動きが速かった。波が行く手を邪魔した。着いたときには、一艘の船の賊たちが移送の百石船に乗り込んでいた。青山と源之助、橋本がこれに乗り移った。

正紀と植村を乗せた船は、もう一艘のもとへ向かう。

賊は一艘に六、七人ずつ乗っていて、こちらは二、三人だ。相手に怯む気配はなかった。

正紀の乗る船は、移送の船にぶつかった賊の船の船端に寄せた。

「このやろ」

塩俵を積んだ船に乗り移ろうとすると、すでに抜刀した浪人者が躍りかかってきた。

植村が横から、突棒でこの男を突いた。渾身の力がこもっていた。

「うわっ」

賊は海に飛ばされた。その間に正紀と植村は、百石船に乗り移った。

続いて二人の浪人者が、正紀と植村に襲いかかってきた。

「死ねい」

気合が入った一撃だ。正紀は刀で、植村は突棒で撥ね返した。正紀の返す一撃を凌ごうとした浪人者は、刀身を前に突き出した。思い切り踏み込んでいた。

正紀はそれを、体を斜めにして躱した。勢いづいた浪人者の体は、船端から外へ飛び出しそうになった。その背を押した。

「ひゃあっ」

体は、船端から海に落ちた。泳げるならば死なない。

そこで前に出てきたのが、浪人者ではない侍だった。刀身を構えて、向かい合った。百石積める船だが、勝運丸や大進丸の上のようなわけにはいかない。船が揺れて、足元が乱れた。侍は正眼に構えて、攻め急ぐようなことはしなかった。もちろん隙はない。

相手は手練《てだ》れだった。しかも向けてくる目に、憎しみがあった。

正紀は声をかけた。相手は瞬間たじろいだが、刀身を振り上げた。

「その方、岡下か」

「やっ」

こちらの脳天を目指して振り下ろしてきた。それが返事らしかった。

正紀は前に出ながら、刀身を弾いた。そして切っ先の角度を変えながら、相手の右手の甲を突こうとした。

しかしそれは躱された。こちらの動きを読んだようだ。寸刻の間に、体の位置を変えていた。

とはいえ、狭い船上でのことだ。塩の俵が積まれている。自在に動くというわけにはいかない。

正紀は、さらに刀身を突き出した。すると相手は、今度は引かないで前に出てきた。刀身を絡ませてきたのである。

鎬《しのぎ》と鎬が当たって、金属の擦れ合う音が響いた。そしてすぐに鍔《つば》ぜり合いになった。

正紀が押しても、相手はびくともしない。なかなかの膂力の持ち主だ。

だがここで、船が大きく揺れた。ばさりと、足元に水が来た。正紀は後ろに引いた。

相手はそのまま押そうとしたが、足を滑らせた。船上は、水を被って濡れていた。

力の入った踏み込みが、かえって一撃の邪魔になった。

相手の刀身が、宙に浮いた。この隙を、正紀は逃さない。

「とう」

前に出た正紀は、肩を斬りつけた。相手は躱そうとしたが、こちらの動きの方が速かった。

骨を砕いた感触が、柄《つか》から伝わってきた。握っていた刀が、一瞬で海に飛んでいる。

「ううっ」

前のめりに倒れた。正紀は近寄って、顔の布を剝《は》いだ。岡下だった。

すぐに同じ船上に目をやった。

植村や船頭が、浪人者と対峙していた。互角の戦いに見えたが、岡下が倒されたことで、浪人者たちに動揺が走った。

「たあ」

植村の突棒の一撃が、浪人者の腹を突いた。

「わあっ」

悲鳴ごと、体が海へ飛ばされた。他の浪人者を、正紀は峰打ちにした。峰打ちでも、当たった腕の骨は折れた。

「ううっ」

呻《うめ》き声を上げながら、浪人者は船上に転がった。

そこで正紀は、襲われたもう一艘に目をやった。

まだ争っている。浪人者も、それなりの腕の者らしかった。正紀と植村は、乗ってきた船に移って、青山や源之助らの船に近づいた。

こちらの船は、争う荷船と船端を擦らせた。正紀と植村が、荷船に乗り移った。見ると、浪人者の二人が、船上に倒れていた。

源之助は、浪人者ではない侍と戦っていた。ちらと見た限りでは強敵だが、互角の戦いだった。

橋本が船尾近くで、浪人者に苦戦している。正紀は駆け寄った。首筋めがけて打ち下ろされた刀身を、横から撥ね上げた。

浪人者は、正紀らが船上に現れたことに気づかなかったようだ。奇襲だと感じたらしく、驚きの目を向けた。

「覚悟」

そこへ橋本が喉を突く一撃を加えた。相手はこれを刃を弾いて躱そうとしたが、手元が狂った。避け切れず、切っ先は腕の付け根に突き刺さった。

浪人者の顔が歪んで、片膝《かたひざ》をついた。

正紀は、争う源之助に目を向けた。相手はおそらく蜂谷だろう。近づこうとしたところで源之助が踏み込み、二の腕を狙う一撃を繰り出した。相手はそれを払ったが、直後に源之助の刀身の動きが変わった。

二の腕ではなく、狙っていたのは小手だった。切っ先が突き刺さって、鮮血が散った。相手は刀を握っていられない。

落としたところで、源之助は腹に蹴りを入れた。尻餅《しりもち》をついた賊の腕を摑んで捩《ね》じり上げた。

そこで植村が駆け寄って、顔に巻かれた布を剝ぎ取った。予想通り、蜂谷だった。

無念の目を向けている。

青山は他の浪人者を倒した。襲った者たちを縛り上げた。

「おお、船が逃げて行くぞ」

そう声を上げたのは、橋本だった。

指さした方に目をやると、町人ふうを乗せた船が離れて行く。賊たちが乗ってきた船だ。

敗色を悟って、逃げ出したのだ。船頭も必死だ。慌てているからか、ばしゃりと波を被った。

「逃がすものか」

青山と源之助が、桜井屋から乗ってきた船に移って追いかけた。正紀らは、船上に残って見守る。賊の仲間の逃げ足は速かったが、追うこちらの船頭の腕もなかなかのものだった。

徐々に距離を詰めた。ついに追いつくことができた。源之助が賊の船に乗り込み、抗《あらが》う町人ふうの首根っこを摑んだ。船上で、体を押さえつけた。

二艘の船は、正紀の乗る船の傍に戻ってきた。

逃げた町人ふうは、桑島屋八郎兵衛だった。海に落とした者はいるが、それ以外の者は、すでに縄をかけられ歯向かうことができなくなっていた。

「移送を、続けろ」

正紀が声を上げた。

勝運丸から大進丸への移送が再開された。そしてついに、江戸に残す分以外のすべての塩俵を移し終えた。

「よくやった」

見届けた正紀は、一同へのねぎらいの声を上げた。

浪人者を含めた賊たちは、乗ってきた桜井屋の船に乗せた。正紀と源之助、植村がそれに乗った。人足たちは陸に帰らせた。

青山と杉尾、橋本は、大進丸に残る。

「では、同道いたします」

関宿へ向かう。青山が、晴れ晴れとした顔で言った。そして海上を江戸川の河口方面へと進んで行った。

見送った正紀たちは、大川へ入った。捕らえた者を伴って、船で十間川まで行き、亀戸《かめいど》の高岡藩下屋敷へ運び入れた。そこで問い質しをする。

上屋敷へ運び込むのは目立つと、正紀は考えた。源之助は、仔細を伝えるために上屋敷へ駆けた。

五

高岡藩下屋敷には牢舎がある。そこに岡下と蜂谷、桑島屋は一人ずつ、浪人者たちは大牢にまとめて入れた。怪我人については、上屋敷から藩医を呼んで手当てをさせた。

藩医と共に下屋敷に戻ってきた源之助が、穿鑿所《せんさくじょ》で尋問を行う。正紀は横で聞く形だ。

まず浪人者から呼び出した。斬り捨てた者が三人で、海に落とした者が四人いた。生死のほどは分からない。

「おれたちは、一人の浪人者に声をかけられた」

命懸けだが、前金一両で、うまくいったらさらに二両貰えるという話だった。声をかけた浪人は、桑島屋へ出入りしていた者だ。佐名木が前に桑島屋を探った折に聞いた浪人者である。

八郎兵衛が企みのために雇い、襲撃のための不逞《ふてい》浪人を集めさせたのである。不逞浪人は、桑島屋八郎兵衛を知らない。後々のことを考えて、桑島屋の名は出さなかった。

次に桑島屋に先に雇われていた浪人者から話を聞く。

「塩が欲しかったのは間違いない」

と証言した。

「高岡藩の侍が警護につくのは分かっていた。だから命知らずを大勢雇った。斬られて死んでも、金は払わなくて済む」

使い捨てるつもりだったようだ。そこで八郎兵衛に問い質しをした。顔を布で隠し、賊と同じ船で襲撃の場に現れた。言い訳は利かない。

悄然としていたが、問いかけには応じた。言い逃れはできないと、悟っているらしかった。

「もともとは江戸の海でできた塩を扱っていましたが、店を大きくするために下り物を扱いたいと考えました」

上質な下り塩の江戸入津量が年々増えてきた。これからは地物を扱うだけでは、立ち行かなくなる。下り物を扱うことで、塩問屋としての安定を図り格を上げたいという狙いがあった。

「詫間塩の仕入れについては、初めから狙いをつけていました。ただできるだけ安い値で仕入れたいと考えていました」

「その段階では、まだ競争相手はいなかったわけだな」

「ですが高岡藩が乗り出してきて、慌てました。塩の質がよいのは分かっていましたから」

「邪魔が入ったと感じたわけだな」

「まあ」

丸亀藩上屋敷の廊下で、正紀は八郎兵衛とすれ違った。その折一瞬厳しい眼差しを向けられたことを思い出した。

それから高岡藩の詫間塩に関する動きを探った。丸亀藩の井村にも袖の下を渡し、高岡藩の情報を得ていた。

「熱心な様子が伝わって、どうしても仕入れたいと存じました」

下り塩を扱っていなかった商売敵《しょうばいがたき》も、讃岐の違う塩を扱うようになった。その商いはうまくいっていて、焦りがあったのは確かだ。

「それで、銀十七匁よりも高くてもいいと考えたわけか」

「さようですが、この売り買いには丸亀のお殿様の声がかかっていました。そうなると厄介です。あきらめようとも考えたのですが」

そのときに、下妻藩の蜂谷が訪ねてきた。

「詫間塩を手に入れる手伝いをしたいとおっしゃいました」

大名家が商いに関わるのはおかしいと思ったが、高岡藩に恨みがあると教えられた。

詫間塩の売買をしくじらせて、藩政を混乱させる狙いだと聞かされて納得した。

武家の政争などどうでもいいが、大名家が後ろ盾になるならばやってもいいと考えた。うまくいけば、御用達にしてもいいと告げられた。

「喜んで話に乗ったわけだな」

「こうなるとは、思いもしませんでしたが」

八郎兵衛は肩を落とした。

蜂谷と桑島屋は目指す目的は違うが、敵は高岡藩ということで手を組むことができた。今日の移送については、昨日の夜に蜂谷から知らされた。

「勝運丸や大進丸を狙うつもりはなかったわけだな」

「はい。すべてを奪っても、その後の商いが続けられるかどうかは分かりません」

年九千石を正式に、継続的に仕入れるのが桑島屋の狙いだった。蜂谷らも、今回の千石を奪い取ることが目当てではなかった。

「高岡藩が、一部だけでも期日通りに納品できなくなれば、それでよいと考えました」

「それで信用をなくすからだな」

「さようで。そうなれば、うちで品を仕入れられます。下妻藩の御用達にもなれます。浜松藩へもお口利きをいただけるとのことでございました」

「悪事にも、加担する気になったわけか」

「はあ」

無念の目に、涙が浮かんだ。今回は、襲っても塩の現物は手に入らない。そこで高岡藩が移送にしくじる場面を、己の目で確かめたくて同道してきたのだと言った。

「詫間塩を積んだ樽廻船は、桑島屋にとっては西国から来る宝船でございました」

八郎兵衛は言った。

その言葉を聞いた正紀は、高岡藩にとっても樽廻船は、宝船に違いないと考えた。

次に源之助は、蜂谷に問い質しを行った。犯行については、問いかけるまでもない。

詫間塩に関する妨害について、理由を言わせた。

「高岡藩に、一泡吹かせてやりたかった」

これは本音に違いない。度重なるこれまでの遺恨がある。

「それには、正棠様の指図があったのか」

ここが肝心なところだ。

「いや、なかった」

正棠は国許にいるので、直接の指図はできない。しかし事あれば、企みをせよと告げられていると感じていた。

しかしどう責めても、蜂谷は正棠の関与は認めなかった。

「では、浜松藩の浦川殿はどうか」

「あの方もご存じないことで」

「ふざけたことを申すな。岡下を、浜松藩の中屋敷に匿ったではないか。その方が、三日前に藩邸から逃がしたのを、この目で見ておるぞ」

否定はしなかったが、頷きもしない。

「あくまでもそれがしが勝手にしたことで」

浜松藩中屋敷の渡り中間に銭を与えて、潜ませた。あくまでも己がしたことだとした。

蜂谷の切腹は、もはや避けられない。しかし蜂谷家の御家断絶だけは、避けたいと思っているに違いなかった。父は先々代藩主の馬の事故を、身をもって守った。誉れのある家だった。

　自白さえしなければ、切腹や減俸はあっても、浦川や正棠が蜂谷家を守ってくれると考えているらしかった。それがあるからこそ、蜂谷は動いたのだろう。

「なぜ岡下を匿ったのか」

「あやつは、馬庭念流の遣い手でございます。また出奔するに至ったのは、理不尽な異動があったからだと考えておりまする」

「使えると踏んだわけだな」

「さようで」

　船上で正紀に打ちかかってきたときの憎しみの眼差しを、正紀は忘れていない。浜松藩士でも下妻藩士でもない。高岡藩から、恨みを持って出奔した者だ。

　最後に岡下の吟味《ぎんみ》になった。そこでは、正紀は席を外した。罪状ははっきりしている。

　源之助は問い質しの後で、正紀にその内容を報告した。杉尾に斬りかかったのは、かっとしたからだ。

　後悔したが、やってしまった後では、居直るしかなかった。懐は寂しくて、行くところなどなかった。下妻藩上屋敷の蜂谷を頼った。正紀の政策を失敗させようという話は、人事の異動があった後からしていた。

「切腹は覚悟をしているようです」

源之助は言った。

高岡藩の内情は、竹中を経て蜂谷から聞いた。

「浦川殿は、その方が中屋敷に匿われていることを知らなかったのか」

「もちろんご存じだったはずだ。うまくいったら、浜松の地で身の立つようにしてくださると仰せられた」

岡下は、無念の口ぶりだったという。とはいえ浦川の口から、直にそれを言われたわけではなかった。蜂谷が告げただけである。

翌日、蜂谷は下妻藩へ、桑島屋八郎兵衛は町奉行所へ、事情を伝えて送り届けた。

蜂谷は改めて藩の吟味を受けた上で、下妻藩牢屋内で切腹となるらしい。

竹中については下屋敷へ呼び出し、情報を漏らした件について問い質した。竹中は蜂谷と岡下の証言もあったので、伝えたと認めた。

藩の機密を漏らしたのだから、そのままにはできない。ただ襲撃には加わっていなかった。

三月《みつき》の蟄居と三分の一の減俸を命じた。

六

佐名木は浜松藩の広間で、江戸家老の浦川文太夫と向かい合っていた。大進丸が江戸から関宿へ向かった日から六日後のことである。

「無事に詫間塩は関宿へ届き、関宿藩はもちろん、下妻藩と府中藩の関わりの地廻り問屋にも届きましてございます」

「そうか」

面白くもないといった顔で、浦川は頷いた。襲撃した蜂谷と岡下はすでに腹を切ったこと、町奉行所へ移された桑島屋八郎兵衛は、死罪になるだろうことも伝えた。

「致し方のないことだ」

浦川は表情を崩さずに言った。佐名木に告げられるまでもなく、知っていると思われた。

下妻藩主正広の話では、蜂谷家の存続については、浦川や正棠から声がかりがあったとか。一門の名門蜂谷家を断絶してはならぬという申し出だ。

家禄半減で、弟が家督を継ぐ話になったとか。

「お気遣いいただいた、当家の家臣の二つに分かれた心の乱れでございまするが、今ではすっかり治まりましてございます」

「ほう」

「岡下が塩輸送の妨害をいたしたことは、藩に対する裏切りでございまする」

しかも藩士を斬って出奔した。

「まあな」

「その非道の者を、正紀様は捕らえました。さらにでござる」

佐名木はここでいったん区切り、居住まいを正し、胸を張ってから続けた。

「塩商いは、今後も続けることができまする。そこでこれまで行っていた禄米二割の借り上げを中止することにいたしました」

親正紀派の者だけでなく、反正紀派の者もである。

「…………」

「これは藩士たちにとっては、大いなる喜びでありましたようで。正紀様に対する藩士たちの思いは、一つになってございます」

懐具合が少しでも楽になれば、人の心持ちは変わる。

「うむ」

「過日はご案じいただきましたが、その憂いはなくなり申した」

佐名木は深々と頭を下げた。浦川は苦々しい顔で、それを受けた。

「それにしても岡下めは、事もあろうに浜松藩の中屋敷に隠れ住んでいたとか。ご存じでございましたでしょうか」

「知らぬ。そのようなことがあるわけがない」

わずかに動揺を見せたが、すぐにそれは消えた。初めて耳にしたような口ぶりにしていた。

「しかし蜂谷も岡下も、中屋敷にいたことを認めております。当家の家臣も、屋敷を出る岡下の姿を見たと申しておりまするが」

「世迷言《よまいごと》だ。夢でも見たのであろう」

それで押し通すつもりらしかった。

「なるほど。そのようなことがあれば、浦川様もただでは済まぬことになりますからなあ」

江戸屋敷の管理監督は、家老の役目となる。何かあったら、知らなかったでは済まない。佐名木はできるだけのんびりと呟くように言ったが、浦川の胸には響いたはずだった。

これ以上責めるつもりはなかったが、源之助の証言があり、中屋敷にいた藩士たちは、岡下の顔を見ている。これだけではどうにもならないが、他の不始末と重なれば、浦川の身も危ういものになるかもしれない。何かの折には、蒸し返して責めることができるぞと伝えたつもりだった。

正紀は京と、藩の勘定についての話をした。

「二割の借り上げがなくなったことで、藩士は喜んでいるが、お陰で藩のやりくりは、少しも楽になっておらぬ」

詫間塩による利益は、禄米の借り上げを止めたことで、ないも等しいものになった。むしろ食い込むくらいだと、井尻から言われた。金銭の悩みは尽きない。

「ならば、またお稼ぎになればいいのでは」

「それはそうだが、並大抵のことではないぞ」

「ですが藩士の気持ちが一つになったのならば、何よりのことではございませぬか」

「それはそうだ」

反正紀派とされた者たちの、自分に向ける眼差しがこれまでとは違ってきたと感じる。

親正紀派も反正紀派もない。すべてが高岡藩士だ。

「藩が一つになれば、どのような難事も越えられまする」

「うむ」

正紀の治世は、まだ始まったばかりだ。舵取りはこれからである。負けないぞという気持ちだった。

正国が手渡してくれた拝領の脇差は、取り返すことができる。これについては胸を撫で下ろした。

「つわりはどうか」

「少し楽になりましてございます」

正紀は京の肩を抱き、腹を撫でた。するとそれを見ていた孝姫が、間に割って入ってきた。焼きもちを焼いたらしい。

「よしよし」

正紀は孝姫を抱き上げると、「高い高い」と言って両手で体を差し上げてやった。けらけらと笑う。孝姫は「高い高い」が大好きだった。

本作品は書き下ろしです。

双葉文庫

ち-01-56

おれは一万石《いちまんごく》

西国《さいごく》の宝船《たからぶね》

2022年12月18日　第1刷発行

【著者】
千野隆司《ちのたかし》

【発行者】
箕浦克史
【発行所】
株式会社双葉社
〒162-8540 東京都新宿区東五軒町3番28号
［電話］03-5261-4818(営業部)　03-5261-4868(編集部)
www.futabasha.co.jp（双葉社の書籍・コミックが買えます）
【印刷所】
大日本印刷株式会社
【製本所】
大日本印刷株式会社
【カバー印刷】
株式会社久栄社
【DTP】
株式会社ビーワークス

【フォーマット・デザイン】
日下潤一

ISBN978-4-575-67139-1 C0193
Printed in Japan

千野隆司
おれは一万石
大殿《おおとの》の顔
長編時代小説〈書き下ろし〉

銚子の〆粕を巡る騒動は、高岡藩先代藩主の正森と正紀たちの活躍により無事落着。だが波崎屋と納場の一味が、復讐の魔の手を伸ばし……。

千野隆司
おれは一万石
尚武《しょうぶ》の志《こころざし》
長編時代小説〈書き下ろし〉

野分により壊滅的な被害を受けた人足寄場。再建に力を貸すことになった正紀は、資金を捻出すべく、剣術大会の開催を画策するのだが。

千野隆司
おれは一万石
花街《かがい》の仇討ち
長編時代小説〈書き下ろし〉

三十年もの長きにわたる仇捜しの藩士。恋仲の娘を女衒から奪い返すべく奔走する御家人の三男坊。二つの事件は意外なところで絡み合い⁉

千野隆司
おれは一万石
世継《よつぎ》の壁
長編時代小説〈書き下ろし〉

正国が隠居を決意し、藩主交代の運びとなった高岡藩井上家。正紀の藩主就任が間近に迫るなか、阻止せんとする輩が不穏な動きを見せる。

千野隆司
おれは一万石
藩主の座
長編時代小説〈書き下ろし〉

廃嫡を狙う正棠たちの罠に嵌まり、蟄居謹慎の身となってしまった正紀。藩主交代を目前にして、窮地に追い込まれた正紀の運命は——⁉